주석으로 쉽게 읽는
고정욱 삼국지 5

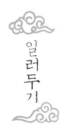

일러두기

1. 《고정욱 삼국지》는 기존의 여러 《삼국지》 번역본들을 비교, 대조하여 작가의 시각에서 현 대적인 문장으로 재해석해 평역한 새로운 《삼국지》입니다.

2. 《삼국지》 원본의 장황하고 불필요한 사건이나 서술, 시, 관직, 인물명 등은 과감히 생략하여 쉽고 빠르게 읽을 수 있도록 구성하였습니다.

3. 주석과 고 박사의 '여기서 잠깐' 코너를 통해 역사와 문학, 그리고 사상과 철학 및 지식을 쉽 게 배울 수 있도록 하였습니다.

4. 지리적 배경에 대한 이해를 돕기 위해 간략한 지도를 주석에 삽입하였습니다.

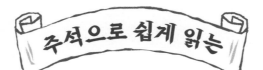

주석으로 쉽게 읽는

고정욱
삼국지

⑤

불타오르는 적벽

고정욱 편역

애플북스

차례

1
적벽대전

동오의 부하 장수들은 주유를 급히 장막 안으로 옮겼다. 제장들이 몰려와 주유의 안부를 묻고 병세를 살피느라 진중이 우왕좌왕 갈피를 잡지 못했다.

"이를 어쩌면 좋단 말인가? 강북의 백만 대군이 코앞에 진을 치고 있는데 도독이 쓰러지다니."

"그러게 말이오. 이럴 때 조조 군사들이 한꺼번에 쳐들어오면 우리는 꼼짝없이 죽지 않겠소?"

부하 장수들은 오후(동오의 제후) 손권에게 진상을 알리고 의원을 불러 주유의 병을 치료하도록 조처했다. 노숙은 제갈공명을 찾아가 이런 사실을 알렸다.

제갈공명이 회심 어린 미소를 지으며 말했다.

"도독의 병은 내가 단번에 고칠 수 있소이다."

"무슨 말씀이십니까? 선생께서 의술도 공부하셨습니까?"

"내가 공부한 게 의술뿐이겠소?"

그동안 제갈공명의 신기에 가까운 능력을 보아 온 노숙은 그럴 수도 있겠다고 생각했다.

"그렇게만 해주신다면 저희로서는 천만다행입니다."

"어디 한번 가서 봅시다."

제갈공명은 노숙과 함께 주유의 병문안을 갔다.

제갈공명이 물었다.

"병세가 어떠신지 궁금해 찾아왔습니다."

주유가 고통으로 얼굴을 찡그리며 겨우 몸을 일으켰다.

"온몸이 아프고 머리가 어지러워 정신이 오락가락하오."

노숙이 물었다.

"도독, 약을 쓰지 않으셨습니까?"

"구역질이 심해 약을 먹을 수도 없거니와 약을 먹는다고 나을 병도 아니외다."

제갈공명이 말했다.

"이렇게 편찮으신 줄 미처 몰랐습니다."

주유는 움직일 때마다 고통이 밀려와 저절로 비명이 나오는 듯 얼굴을 찡그렸다. 상태를 본 제갈공명이 말했다.

"도독께서 열이 나고 가슴이 답답한 병이 생겼구려."

"그렇소이다."

"그럼 먼저 열을 내려야 할 것 아니겠습니까? 기운을 순하게 다스리면 병은 자연히 치료될 것입니다."

"어떤 약을 써야 기운을 순하게 다스린단 말이오?"

"저에게 비방이 있습니다."

주유가 찡그렸던 눈을 번쩍 떴다.

"무슨 비방이오? 비방을 알려 주시오."

제갈공명은 주위를 물리고 종이에 글씨를 썼다.

조조를 치려면 화공이 필요한데
모든 일이 준비되었어도 동풍이 없구려

"이게 도독의 병 아닙니까?"

주유가 깜짝 놀라 제갈공명의 얼굴을 쳐다보았다. 정확하게 자신의 속내를 꿰뚫고 있었기 때문이다.

"참으로 신묘한 혜안이오."

주유는 제갈공명의 재주에 혀를 내둘렀다. 나아가 그가 신선인지 사람인지 알 수 없었다. 사람의 마음을 이토록 훤히 들여다본다는 것이 신선이 아니고서야 어찌 가능하겠는가. 커져만 가는 두려움을 애써 누르고 주유가 화색을 띠며 말했다.

"내 병을 알고 계셨구려. 그러니 고칠 방도도 알려 주시오."

"저는 재주는 미천하나 과거에 용케도 이인을 만난 적이 있습니다. 그 사람이 '기문둔갑천서'†라는 책을 주어 공부한 적이 있는데, 허락하신다면 바람을 부르고 비를 내리는 능력을 써 보겠습니다."

주유는 눈이 휘둥그레졌다.

"정말이오? 그런 능력이 있다면 부디 써 주시오."

"동남풍을 부르려면 준비가 필요합니다. 먼저 남병산†에 칠성단을 만들어 주십시오. 높이는 구척이요, 삼 층으로 올려 백이십 명의 부하 장병이 깃발을 들고 단을 둘러싸게 하십시오. 그러면 그 위에 올라가 제를 올려 사흘 낮 사흘 밤 동안 동남풍이 불게 만들겠습니다."

천문 기상을 바꾸겠다는 놀랍고도 황당한 이야기였다. 보통 사람이 한 말이라면 우스갯소리로 치부하고 크게 호통을 쳤을 것이다. 하지만 그 말을 한 당사자가 제갈공명이니 어찌 흘려듣겠는가. 주유로선 그에게 매달리는 수밖에 없었다.

"바람이 단 하루만 불어도 더 바랄 것이 없소이다. 그날이 언제가 되겠소이까?"

"11월 20일 갑자날에 불기 시작해 22일 병인날에 그치게 하겠습니다."

주유의 입이 떡 벌어졌다.

"하, 그게 정말이오?"

"군문에서 어찌 헛소리를 하겠습니까?"

"좋소. 당장 단을 쌓고 명령을 기다리도록 하겠소이다."

제갈공명은 남병산에 올라 곧바로 계획을 실행에 옮겼다. 산세를 둘러보며 풍수를 살핀 뒤 동남쪽의 붉은 흙을 가져다 깔고 단을 쌓게 만들었다. 제단은 비법에 의해 정확한 방위를 잡아서 만들 터였다. 제사를 지내는 제관들은 모두 검은 비단 도포를 입고 신선들이 입는 옷을 걸치게 했다.

위엄에 가득 찬 제대가 만들어지자 제갈공명은 정갈히 목욕재계를 했다. 이어 도포를 입고 머리를 풀어헤친 채 맨발로 칠성단 앞에 섰다. 그 분위기가 자못 엄숙해 숨소리도 크게 내기 어려웠다.

제갈공명이 노숙에게 당부했다.

"그대는 돌아가서 군사들을 조련하는 도독을 도와주시오. 혹시 내 기도가 효험이 없더라도 의심하거나 이상하게 여기는 헛수고는 하지 마시오. 천지신명께서 반드시 나를 도울 테니까."

제갈공명은 또한 방위를 맡은 군사들에게 엄명을 내렸다.

"행여 놀라운 일이 생기더라도 절대로 경거망동하지 마라. 그런 자가 있다면 그 자리에서

기문둔갑(奇門遁甲)은 고대로부터 내려온 점술이야. 특히 병법에 많이 사용했다고 해. 이것을 터득하면 신선처럼 살 수 있다고 해서 과거의 도인들이 많이 수련했지. 제갈공명이 그런 능력이 있다는 것은 그만큼 많은 공부를 했다는 의미이기도 하지만 도가의 기괴한 이야기들이 《삼국지연의》에 삽입되어 그렇다고 보는 게 정확해. 옛이야기의 주인공들이 도술과 용모부터 인품까지 완벽하게 가공되는 것과 같은 이치라고 보면 되겠지.

～

실제로 후한 삼국 시대에는 남병산이 없었다고 해. 현재는 호북성 적벽현의 적벽 유적지에 '남병(南屏)'이라는 산이 있어. 후세에 적당한 지명을 집어넣은 것이 분명해.

목을 벨 것이다."

제갈공명의 말에 군사들이 하나같이 엄숙하게 맹세했다.

방위를 살피고 난 제갈공명은 칠성단에 올라가 향을 피우고 하늘에 기도를 올리기 시작했다. 하루에 세 번 단에 오르고, 세 번 내려오며 신명을 바쳐 기도를 올렸다. 그러나 기원이 하늘에 닿아 동남풍이 불지는 아무도 장담할 수 없었다.

그사이 주유는 동남풍이 불면 바로 군사를 출동시킬 준비를 끝냈다. 손권에게는 때맞춰 출병하도록 요청한 상태였다.

한편 황개는 화선† 스무 척을 준비했다. 각 배에는 유황과 염초 같은 화약들을 실어 불꽃이 튀기만 해도 바로 폭발해 불이 번지게 만들어 놓았다.

준비를 마친 황개는 주유의 명령만 기다렸다. 선봉에 서야 하는 감녕과 감택은 채중, 채화와 더불어 배에 오른 뒤 군졸들이 아예 뭍에 오르지 못하게 배를 띄워 놓았다. 보안을 유지하기 위해서였다. 그들은 이제나저제나 명령이 떨어지기를 기다렸다. 주유에게 연락을 받은 손권은 진지에서 팔십여 리 떨어진 곳에서 군사들을 정비하며 별도의 소식이 오기를 기다렸다.

주유가 장수들에게 명령을 내렸다.

"모든 장비와 무기를 점검하고 명령이 떨어지면 곧바로 움직여라! 영을 어기는 자는 군법으로 다스리겠다!"

폭풍 전야와 같은 정적이 흘렀다. 군사들은 평온한 듯했지만 팽팽한 긴장감이 영내를 감돌았다. 그러나 정작 바람이 불지 않았다. 동남풍은

커녕 실바람도 일지 않자 주유가 노숙에게 물었다.

"제갈공명이 나를 속인 것 아니오? 한겨울에 동남풍이 불게 한다니 말이 되오? 제갈공명이 제아무리 신묘하다 해도 어찌 천기를 움직인단 말이오?"

노숙은 의연하게 대답했다.

"저는 제갈공명 선생이 지금까지 빈말하는 것을 본 적이 없습니다. 조금만 더 기다려 보시지요."

드디어 약속한 날이 되었다. 주유와 노숙을 비롯한 장수들은 조조 진영의 움직임을 주시하면서 바람에 촉각을 곤두세웠다. 하지만 여전히 바람은 불지 않고 사방이 고요했다.

어느덧 밤이 이슥해져 삼경이 되어 갈 무렵이었다. 밖에 있던 군사들이 웅성거리더니 갑자기 소리쳤다.

"바람이다!"

"깃대가 흔들린다!"

장막 안에 있던 주유가 밖으로 뛰쳐나갔다. 정말 바람이었다. 바람이 조조의 진영으로 불어 모든 깃발이 북서쪽을 가리켰다.

여기서 잠깐!!

화선은 우리말로 하면 말 그대로 불배야. 적이 배 안으로 넘어오지 못하게 뱃머리에 큰 못을 박은 뒤 갈대와 마른 짚을 잔뜩 쌓아 올려 불쏘시개 역할을 했던 배라고 보면 돼. 적에게 혼란을 일으키거나 진법을 깨뜨리는 쓰임새를 가지고 있었어. 화선을 통한 공격은 동서고금을 막론하고 고대로부터 해전에서 자주 이루어졌는데, 적벽대전에서도 쓰인 기록이 남아 있어.

"아, 드디어 동남풍이 부는구나!"

그토록 고대하던 바람이 불었건만 주유는 두려움이 앞섰다. 기다리
던 바람이 불기에 진격 명령을 내려야 했지만 주유는 엉뚱하게도 정봉†
과 서성†을 불렀다.

"너희가 할 일이 있다."

"무엇입니까?"

"당장 군사 백 명을 끌고 가서 제갈공명의 목을 따 오너라. 죽여서 머
리를 내 앞에 가져오너라."

"네? 아, 알겠습니다!"

서성은 황급히 도부수들을 이끌고 배에 올랐으며, 정봉은 궁노수를
이끌고 말을 타고 남병산으로 향했다.

정봉의 군사들이 먼저 남병산 칠성단에 닿았다. 단을 둘러싼 검은 옷
의 군사들은 여전히 흔들림 없이 기를 붙잡은 채 제자리를 지키고 있었
다. 정봉은 군사들의 호위 속에 단의 꼭대기에 올랐다. 하지만 그곳에
있어야 할 제갈공명이 보이지 않았다.

"여봐라! 공명 군사는 어디 갔느냐?"

한 군사가 대답했다.

"바람이 불자 단에서 물러나 산을 내려가셨습니다."

정봉의 마음이 급해졌다.

"어서 제갈공명을 찾아라!"

군사를 풀어 인근 수풀 속을 뒤졌다. 마침 서성이 도부수들을 거느리
고 나타났다. 두 장수는 힘을 합해 인근을 샅샅이 뒤졌다. 하지만 제갈

공명의 흔적조차 발견하지 못했다.

그때 강변을 지키던 한 군사가 와서 알렸다.

"어젯밤에 쾌선 한 척이 강변에 와서 머물렀는데 머리를 풀어헤친 제갈공명이 그 배를 타고 상류로 올라갔습니다."

정봉과 서성은 곧바로 육로와 수로를 통해 강을 거슬러 올라갔다. 과연 얼마 지나지 않아 저만치 앞서가는 쾌선을 발견했다.

"저 배다!"

서성이 큰 소리로 외쳤다.

"공명 군사, 기다리시오! 도독께서 모셔 오라 하셨소!"

그 말을 들은 제갈공명이 배의 고물에 서서 웃으며 말했다.

"나는 약속을 지켰소이다. 도독께 가서 부디 용병을 잘해 조조를 물리치라 전하시오. 나는 하구로 돌아갔다가 훗날 다시 도독을 만날 것이오."

"여쭐 게 있습니다! 잠깐 기다리시오!"

"나는 이미 알고 있소. 도독께서 나를 해치려 한다는 걸. 그러니 헛수고 마시오!"

제갈공명의 배는 점점 더 속력을 높여 멀어

정봉은 손권이 손책의 뒤를 이어 강동을 다스릴 때 귀순한 장수야. 정사에는 감녕의 휘하에 있었던 것으로 전해지지. 적벽대전 이후 합비 공격, 이릉 전투 등 여러 차례 전장에 나서서 전공을 세웠어.

서성은 후한 말에 떠돌이 생활을 하다 난을 피해 오현(지금의 강소성 소주)에 와 살았어. 용맹이 소문나서 손권에게 등용된 장수지. 정봉과 마찬가지로 합비 공격, 이릉 전투 등 여러 차례 전장에 나가 공을 세웠지.

졌다. 그런데 제갈공명이 탄 배는 지붕도 없고 돛도 없었다. 상황을 살피던 서성이 활을 쏠 요량으로 급하게 따라붙었다. 사정거리 안으로 들어왔나 싶었는데 느닷없이 조자룡이 모습을 드러냈다.

"네 이놈, 나는 상산의 조자룡이다! 특명을 받고 군사를 모시러 왔는데 네놈이 나를 막는 게냐? 이 활 한 대로 네놈을 죽이는 것쯤 일도 아니다. 하나 역적 조조와의 일전을 앞둔 상황에서 장수 하나라도 없애는 것은 적을 이롭게 할 뿐이니, 그저 솜씨나 보고 가거라!"

조자룡이 활시위를 당겨 화살을 날렸다. 화살은 서성이 탄 배의 돛줄을 끊고 지나갔다. 줄이 끊어지자 돛이 한쪽으로 쏠렸고, 그 바람에 배도 한쪽으로 기울었다. 그사이 조자룡은 배의 돛을 올렸다. 배는 강해진 동남풍을 받아 쏜살같이 하구를 향해 달려갔다.

육지에서 제갈공명을 쫓다 그 광경을 지켜본 정봉이 서성을 불렀다.

"제갈공명의 신기묘산†은 사람의 솜씨가 아니오. 우리가 아무리 용을 써도 따라잡을 수 없소. 게다가 조자룡이 어떤 사람이오? 장판에서 혼자서 군사 만 명을 상대했다 하지 않습디까? 아쉽지만 돌아가서 도독께 사실대로 알립시다."

정봉과 서성의 보고를 받은 주유는 제갈공명을 없애야겠다는 생각이 더욱더 강해졌다.

"그자가 그토록 계산이 빠르고 능하니 내 어찌 두 발 뻗고 편히 지내겠는가!"

듣고 있던 노숙이 말했다.

"일단 조조의 대군부터 물리친 다음에 방도를 찾으시지요."

물론 주유도 그래야 한다는 걸 모를 리 없었다.

"그래야지. 지금은 공격을 감행할 때요."

주유는 구상한 대로 차분히 명령을 내렸다.

"감녕은 채중과 항복해 온 군졸들을 데리고 남쪽 언덕으로 가서 조조 군의 기를 세우고 오림을 빼앗아라. 조조의 군량은 불태워 버리도록 하고, 채화는 내가 따로 쓸 테니 장막에 남아라."

주유는 거짓 항복한 채중과 채화를 갈라놓았다. 미리 세워 둔 계획이 있었던 것이다. 그리고 태사자에게도 명령을 내렸다.

"그대는 합비에서 조조를 도우러 구원군이 올 테니 황주 경계로 가서 그들을 막고 불을 질러 신호로 삼아라. 그곳에서 군사가 보이면 주공께서 후원하러 온 것이니 놀라지 않도록 하라."

주유는 주도면밀하게 전군에게 명령을 내렸다. 그리하여 감녕, 태사자 등을 필두로 여섯 부대로 나뉜 군사들이 배를 타고 출정의 길에 올랐다. 그런 뒤 황개에게도 명령했다.

"황 장군은 화선을 잘 배치하고 사람을 보

신기묘산(神機妙算)은 귀신같은 재주와 묘책이라는 뜻이야. 평범한 사람은 짐작하기 어려운 뛰어난 지략이나 계략을 이르는 말이지.

내 오늘 투항하러 간다고 전하게. 오늘이 바로 그날일세. 조조에게 밀서를 보내고 배를 띄워 앞장서면 전선들이 뒤를 따라갈 걸세. 그때 공격을 감행하도록 하게."

"알겠습니다!"

이어서 수군을 네 부대로 나누고 한당과 주태 등에게 전선을 맡겨 화선을 따르라고 명했다.

전군을 배치하고 명령을 내린 주유는 정보와 함께 사령선에서 군사를 지휘하기로 했다. 정보는 군사를 배치하고 전술을 구사하는 주유를 유심히 살펴보고 크게 놀랐다. 나이가 어리다고 잠시 껄끄러워했던 자신이 진정 부끄러웠다.

"도독, 도독이야말로 우리 동오의 보배십니다."

"그 무슨 한가한 말씀이시오? 지금 우리 앞에 적이 있으니 적에게만 집중합시다."

주유는 정보를 따뜻하게 감싸 주었다.

주유가 밤을 틈타 야습을 하려고 준비하는 동안 유비는 조자룡을 보내 놓고 제갈공명을 기다리고 있었다.

"공명 군사께서 순풍을 타고 오십니다."

전갈을 받은 유비는 반가운 마음에 유기와 함께 한걸음에 달려 내려갔다. 이윽고 조자룡과 제갈공명이 배에서 내렸다. 유비는 공명을 보고 크게 반가워하며 손을 잡았다.

"어서 오시오, 군사! 얼마나 보고 싶었는지 모르오."

그간의 일을 얘기하려는 유비에게 제갈공명이 서둘러 말했다.

"주공, 지금은 반가움을 나누고 있을 때가 아닙니다. 우리도 시간이 없습니다."

"어찌하면 좋소?"

"말씀드렸던 대로 군마와 배는 준비하셨습니까?"

"우리는 준비가 완료되었소."

제갈공명은 장수들을 불렀다.

"조자룡은 삼천 명의 군사를 이끌고 적벽과 마주보는 숲 오림에서 갈대가 우거진 곳에 매복하도록 하라. 조조가 오면 맞받아치지 말고 허리를 잘라 뒷부분을 끊고 불을 놓아라. 그러면 절반은 무찌를 수 있다."

조자룡이 물었다.

"오림에 두 갈래 길이 있습니다. 하나는 남군으로 통하고 하나는 형주로 통하는데, 제가 어디를 지켜야 하겠습니까?"

"조조는 형주로 가서 흩어진 군사들을 모은 다음에 허도로 도망갈 것이다."

다음 차례는 장비였다.

"장 장군은 삼천 명의 군사를 끌고 호로곡 어귀에 매복하시오. 조조가 밥을 짓는 연기가 피어오를 때를 기다렸다가 공격하면 되오. 조조를 못 잡아도 상당한 공을 세울 것이오."

제갈공명은 미축, 미방, 유봉, 유기에게도 작전 명령을 내렸다. 장수들을 거의 다 내보내고 난 제갈공명이 유비에게 말했다.

"주공은 저와 함께 높은 데 올라 주유가 공을 세우는 거나 구경하시지요."

"그럽시다. 이거 자못 흥미진진합니다."

모든 장수가 명령을 받고 떠났는데 단 한 명의 장수가 진중에 남아 있었다. 제갈공명을 맞수로 여기던 관우였다. 참고 있던 관우가 흥분하여 붉은 얼굴이 더 붉어지며 한마디 던졌다.

"군사! 나는 지금까지 형님을 모시고 전장이란 전장은 빠지지 않고 누볐소이다. 한데 오늘 대군을 만나고도 나를 쓰지 않는 까닭이 무엇입니까?"†

제갈공명이 마치 잊고 있었다는 듯 말했다.

"허허, 운장은 이상하게 생각하지 마시오. 운장을 보내려 해도 마음에 걸리는 게 있어서 그렇습니다."

"마음에 걸리시다니, 내가 무슨 잘못이라도 했단 말씀이오?"

"관운장께서는 한때 조조에게 신세를 진 적이 있소. 이번에 그때 은혜를 갚으려 할 것이기 때문입니다."

"그게 무슨 말씀이시오?"

"조조가 패하면 화용도로 도망갈 것이 분명하오. 관 장군이 거길 지키고 있으면 조조의 목을 베어 오는 것은 일도 아니오. 그렇지만 옛정을 생각하는 관 장군이 조조를 놓아줄 테니 못 보내는 것이오."

그 말을 듣고 관우가 웃었다.

"허허, 군사! 그건 지나치게 과민한 생각이오. 과거에 오갈 데 없던 시절 조조의 은혜를 입은 것은 사실이지만 그 은혜는 이미 다 갚았소이다. 안량과 문추의 목을 베었고, 백마에서도 포위를 뚫었으니 이제 남은 빚은 없소."

제갈공명이 정색하고 물었다.

"만에 하나 놓치면 어쩔 테요?"

"그때는 군법에 따라 처벌하시오."

"좋소. 그러면 군령장을 쓰시오."

제갈공명이 기다렸다는 듯 군령장을 쓰라고 못 박았다. 관우는 만약 명을 수행하지 못할 경우에는 죽음으로써 군령을 지키겠노라는 문서를 남겼다.

그런데 관우도 그냥 물러서지 않았다.

"조조가 화용도로 안 오면 어쩔 것입니까?"

제갈공명은 조금도 망설이지 않았다.

"그렇다면 내가 책임을 지지요."

제갈공명도 흔쾌히 군령장을 썼다.

"좋소. 군령장까지 썼으니 관운장은 화용도로 가시오. 가서 좁은 길에 섶을 쌓아 불을 붙여 조조를 그쪽으로 유인하시오."

"연기를 보면 매복이 있는 줄 알고 딴 길로 새지 않겠소이까?"

"하하, 조조는 자기 꾀에 넘어가는 사람이오. 연기를 피워 놓으면 허장성세(실속은 없으면서 허세를 부림)인 줄 알고 그쪽으로 올 테니, 인정에 빠

제갈공명의 명령을 받는 관우가 이렇게 대든 것은 좀 이상하지? 엄연히 명령 체계가 있는데 말이야. 이건 바로 이야기를 재미있게 꾸미기 위한 소설적 허구야. 그만큼 관우가 제갈공명에게 경쟁심을 가지고 있었다고 해야 독자들이 흥미롭겠지. 제갈공명은 여기에서 심리적으로도 그런 관우를 파악하고 있었어. 그래서 원하는 대로 해주고 자신이 더욱 우월하다는 걸 보여줌으로써 관우가 따르도록 만들지. 진정 멋진 리더인 셈이야.

져 조조를 놓아주는 일이 없도록 하시오."

관우가 마침내 오백 명의 군사를 이끌고 화용도로 떠났다.

유비가 조심스럽게 제갈공명에게 물었다.

"군사도 아시다시피 내 아우는 의리를 중요하게 여겨 분명 조조를 놓아 보낼 듯한데, 어찌하시려는 게요?"

"주공, 제가 천문을 살폈더니 조조가 아직 죽을 때가 안 됐습니다. 그렇다면 차라리 관우가 은혜를 갚는 것도 나쁘지 않다 여겨집니다."

유비가 탄복했다.

"아하, 군사의 계산은 신도 못 따를 듯하오."

유비와 제갈공명은 남은 신하들에게 성을 지키라 이른 뒤 번구로 가서 주유의 군사가 싸우는 것을 구경하기로 했다.

조조 진영에서는 난데없이 동남풍이 불어오자 당황했다.

모사 정욱이 와서 황급히 알렸다.

"승상, 희한하게도 동남풍이 붑니다. 대책을 강구하소서."

조조가 대수롭지 않게 말했다.

"하하하! 동지라는 날은 음양이 바뀌는 날이다. 그래서 날씨도 변덕을 부리는 법이니 너무 걱정하지 마라."

그때 한 군사가 들어와 드디어 황개가 투항해 왔다고 알렸다.

"강동에서 배가 왔는데 황개의 밀서를 가져왔습니다."

조조가 밀서를 펼쳤다.

승상!

그동안 감시가 엄해 벗어날 수가 없었는데 드디어 제가 순찰을 돌게 되었습니다. 이 기회에 장수들을 죽여 머리를 가지고 오늘 밤에 투항하겠습니다. 청룡기가 꽂혀 있는 배가 저의 배이니 그리 알고 계시옵소서.

"아하하, 드디어 황개가 오는구나. 그가 오기를 기다리도록 하자."

날이 저물어 공격할 시간이 다가오자 주유는 결연히 명령을 내렸다.

"채화를 잡아 오너라!"

영문을 몰라 어리둥절하던 채화는 결박당한 채 주유 앞에 무릎을 꿇었다.

"도독, 어쩐 일이십니까? 왜 저를 결박하셨습니까?"

"네 이놈, 거짓으로 항복한 줄 모를 줄 알았더냐? 오늘 네놈의 목을 제물로 삼아야겠다."

이미 들통 났다는 것을 알고 채화는 혼자 죽을 수 없다는 듯 물귀신처럼 발악했다.

"네 부하인 감택과 감녕도 나와 같이 반역하기로 했다! 으하하하, 이건 몰랐을 것이다."

주유가 빙그레 웃었다.

"그건 내가 시켜서 한 일이다. 네 녀석이 속았을 뿐, 죽을 자는 너밖에 없다."

채화는 당장 목이 떨어졌다. 그의 피는 군기에 뿌려지는 제물이 되었다.

마침내 주유가 갑옷을 입고 떨쳐 일어났다. 황개는 칼을 들고 화선에

몸을 실은 뒤 강을 건너 나아갔다. 순풍을 타고 적벽을 향해 떠나자 돌풍이 일며 파도까지 거세게 몰아쳤다.

돛단배 무리가 다가오자 조조는 높은 곳에 올라가 황개를 맞이했다. 수십 척의 배들이 강을 건너는데 약속대로 청룡기가 꽂혀 있었다.

'선봉 황개'라고 쓰인 기를 보며 조조가 웃었다.

"하하하, 황개가 항복하러 오는구나. 이제 동오는 나의 것이나 다름없다!"

그런데 옆에 있던 정욱이 배를 자세히 살피더니 말했다.

"승상, 좀 이상합니다."

"무엇이 이상하단 말이냐?"

"군량을 실은 배라면 물속으로 가라앉아 수면이 흘수선에 닿아야 하는데 저 배들은 물에 가볍게 떠 있습니다. 무언가 수상쩍습니다. 저자들이 꼼수라도 부리면 어쩌시렵니까?"

조조는 한순간 아차 싶었다.

"안 되겠다. 저자들을 빨리 막아라!"

명령을 받고 문빙이 순시선 십여 척을 몰고 출동했다. 강 한복판에서 문빙이 외쳤다.

"멈춰라! 승상의 명이다. 그 자리에서 닻을 내리고 정박하라!"

그러나 이미 한발 늦고 말았다. 대답 대신 빗발치듯 화살이 날아왔다. 그중 하나가 문빙의 왼팔에 꽂혔다. 장수가 비명을 지르며 나가떨어지자 군사들이 황급히 뱃머리를 돌렸다.

그때를 노려 동오의 배들이 노도와 같이 밀어붙였다. 조조의 수채가 저만치 앞에 보일 만큼 가까이 다가왔다. 황개가 칼을 들어 신호를 보내자 군사들이 일제히 불화살을 쏘아 댔다. 동남풍을 등에 업은 불길은 날름거리며 사정없이 배들을 집어삼켰다. 문빙의 순시선들은 앞뒤 가리지 못하고 그대로 자기 진영의 배에 다가가 폭탄처럼 화염을 뿜으며 자폭했다. 화선 이십 척이 수채 안으로 몰려들자 순식간에 전선들이 불길에 휩싸였다. 게다가 쇠사슬로 묶어 놓아 쉽사리 도망갈 수도 없었다. 아무런 방비도 않고 있던 조조 군은 고스란히 화마에 당하고 말았다.

뒤이어 주유의 진영에서 군사들을 태운 화선들이 몰려왔다. 적벽강에 온통 불길이 치솟았다. 영채에서 내려다보니 하늘이고 땅이고 불길과 연기로 가득한 지옥을 연출하고 있었다.

이때 황개가 군사들을 이끌고 배에서 뛰어내려 조조를 잡겠다고 달려왔다.

"조조야, 게 서라!"

조조가 사태의 급박함을 깨닫고 황급히 언덕 위로 도망치려는데 장요가 배를 끌고 와 그 배로 옮겨 탔다. 조조가 타고 있던 큰 배는 순식간에 불이 붙었다. 붉은 도포를 입은 조조가 도망치자 황개가 쫓아오며 소리쳤다.

"역적 조조야, 게 서라! 내가 바로 동오의 선봉 황개니라!"

조조를 호위하던 장요는 침착하게 화살을 메겨 다가오는 황개를 향해 시위를 당겼다. 조조를 잡겠다는 마음이 급했던 황개는 미처 주변을 경계하지 못하고 장요의 화살에 맞아 강물로 떨어졌다.

화살에 맞았지만 황개는 한당의 도움을 받아 물속에서 빠져나와 목숨을 건졌다. 동지의 추운 겨울 날씨에 물에 익숙한 자가 아니었다면 대번에 물귀신이 될 뻔했는데 목숨을 보전한 것은 기적에 가까웠다.

황개가 사라진 틈에 조조는 언덕으로 올라갔다.

"승상, 어서 피신하소서!"

장요가 조조를 말에 태워 급히 도망가는 동안 조조의 대군은 큰 혼란에 빠졌다. 적벽강은 온통 불길로 뒤덮였고, 하늘과 땅을 뒤흔드는 함성과 사람들이 죽어 나가는 비명으로 온 천지가 어지러웠다. 한당과 장흠이 적벽의 서쪽에서, 주태와 진무가 적벽의 동쪽에서 배를 몰고 공세를 취했으며, 한복판에서 주유가 정보, 서성, 정봉과 함께 대선단을 이끌고 본격적으로 공격을 퍼부었다. 동남풍을 등에 업은 불길의 위세까지 더해 조조의 대군은 사지에서 헤어나지 못했다. 이것이 바로 오늘날까지 이름이 전하는 유명한 적벽대전이다. 조조 군이 당한 피해는 이루 헤아릴 수 없는 지경이었다.

한편, 감녕은 채중을 앞세워 조조의 수채 깊숙이 쳐들어갔다. 사방에서 군사들이 몰려오자 조조는 목숨을 보전하는 것이 급선무가 되었다. 장요가 직접 호위하며 백여 기의 군마를 이끌고 불길을 뚫고 나갔다.

조조가 퇴로를 찾자 장요가 말했다.

"오림으로 가시지요. 그쪽밖에 넓은 곳이 없습니다."

오림이라면 제갈공명이 복병을 숨겨 놓은 곳이었다. 그런 사실을 알리 없는 조조의 군사들이 발길을 재촉하는데 여몽이 뒤쫓아 왔다. 조조는 앞서 달리고 장요가 남아 여몽을 저지했다.

그것이 끝이 아니었다. 또 다른 복병이 나타났다. 능통의 군사였다.

능통의 군사와 여몽의 군사들에게 내몰려 최
후를 맞나 싶었을 때 서황이 구조대로 나타
났다.

"승상, 서황이 왔습니다!"

서황과 능통의 군사들이 맞붙어 싸우는 동
안 조조는 북쪽을 향해 내달렸다. 다행히 북쪽
에서 기다리던 군사는 원소 밑에 있다 조조에
게 투항한 마연과 장의였다.

"아, 그대들이 있어 한숨을 돌리겠구나."

삼천 명의 군사가 합쳐지자 조조는 비로소
안심했다. 그들과 함께 북쪽을 향해 달려가는
데 십 리도 못 가 감녕을 만나고 말았다. 마연
과 장의가 감녕을 상대하는 동안 조조는 내처
달리기만 했다. 하지만 얼마 안 가 그들이 감
녕에게 당했다는 소식이 들어왔다.

조조는 분통이 터질 노릇이었다. 하나같이 동
오의 장수들에게 당하기만 하니 어찌 정신이 온
전하겠는가. 그 와중에도 합비에서 원군이 오면
얼마나 좋을까 생각했다. 손권이 합비를 막고
원군을 차단하고 있다는 것은 알지도 못한 채.

"할 수 없다. 합비로 못 갈 바에는 이릉†으
로 가자."

이릉은 현 이름으로 형주의 남군에
속하며, 성터는 지금의 호북성 의
창에 있어. 나중에 유비가 이곳으
로 군사를 끌고 와 동오군과 대전
을 벌이지.

새벽 무렵 조조는 하늘을 벌겋게 물들인 적벽의 불바다에서 멀리 떨어져 있었다. 온통 상처투성이인 군사들을 이끌고 온 조조는 몰골이 말이 아니었다. 사지를 빠져나왔다고 안심한 조조가 물었다.

"여기가 어디냐?"

"여기는 오림의 서쪽이며 의도의 북쪽 지역입니다."

산림이 빽빽하고 지세가 험난한 것을 보고 조조가 웃었다.

"으하하하!"

"왜 웃으십니까, 승상?"

"주유와 제갈량이 군사 전문가라지만 이런 곳에 군사를 숨겨 놓지 않은 것을 보니 한심하단 생각이 들어서 웃은 것이다, 하하하!"

그러나 조조의 웃음이 메아리쳐 돌아오기도 전에 난데없이 북소리가 울리더니 불길이 하늘로 솟았다.

"조조야, 기다려라!"

한 장수가 나타나 벼락같이 외쳤다.

"나는 상산 조자룡이다! 우리 주공의 명을 받아 기다리고 있었노라!"

조조의 장수들이 황급히 달려 나가 조자룡과 맞서 싸웠다. 그사이 조조는 불길을 뚫고 다시 말을 달렸다. 조자룡은 굳이 조조를 쫓지 않았다. 끝까지 승부를 가르지 말라는 제갈공명의 명이 있었기 때문이다.

숱한 군사를 잃고 간신히 조자룡의 칼날을 피한 조조는 쉬지 않고 북으로 내달렸다. 갑자기 쏟아진 장대비에 옷과 갑옷이 젖어 행색은 거지 꼴이었다. 뒤따르는 군사들도 피로한 기색이 역력했다. 조조는 잠시 쉬며 마을에서 양식을 취해 밥을 지어 먹으려 했다. 그때 일군의 군마가 달려왔다. 도망칠 기운도 없어 넋을 놓고 바라보는데, 다행히도 그들은 모사들을 이끌고 오는 이전과 허저 무리였다.

안심한 조조가 말했다.

"이제 어디로 가면 되겠는가?"

갈림길 앞에서 길을 잘 아는 자가 말했다.

"한쪽은 남이릉으로 통하고, 다른 쪽은 북이릉으로 통합니다."

"남군 강릉으로 가려면 어느 길로 가야 하는가?"

"북쪽으로 해서 호로구를 빠져나가는 것이 지름길입니다."

"지름길로 가자!"

조조 군은 북이릉으로 가는 길로 접어들었다. 호로구에 도착할 무렵이 되자 군사들이 더는 걸을 수 없는 지경이 되었다. 말조차 쓰러지는 판이라 조조는 쉬어 가기로 했다.

"쉬어라. 말들도 풀어 주고 풀을 뜯기도록 하여라."

마른자리에서 밥을 짓고 말을 잡아 군사들이 모처럼 배불리 먹고 기운을 차렸다. 젖은 옷을 바람에 말리며 힘을 추스르고 있을 때였다. 조조는 비로소 마음이 안정되었는지 크게 웃었다.

"하하하하!"

조조가 웃자 부하들이 두려움에 떨었다.

"승상, 외람되오나 웃지 마소서!"

"왜 웃지 말라는 게냐?"

"아까 주유와 제갈량을 비웃자 적들이 나타났습니다."

"우연일 게다. 아무리 생각해도 그자들은 지략이 모자라도 한참 모자

란다. 내가 군사를 쓴다면 이런 곳에 군사를 매복해 쉽게 적을 몰살시킬 것이다. 얼마나 좋으냐? 적은 코빼기도 안 뵈고 우리끼리 평화롭게 밥을 먹을 수 있으니 말이다."

그 말이 끝나자마자 천지를 울리는 함성이 일었다. 이어 군사들이 좌우에서 들고일어났다. 깜짝 놀란 조조 군사들이 우왕좌왕 갈피를 못 잡을 때 한 떼의 군사를 거느리고 나타난 장수는 꿈에 볼까 두려운 장비였다. 장비가 장팔사모를 거머쥐고 벼락같이 소리쳤다.

"역적 놈 조조야, 어디 있느냐?"

허저가 나서서 장비를 저지했다. 장요와 서황도 황급히 장비를 막았다. 그사이 조조는 귀신이라도 만난 듯 혼비백산†하여 도망쳤다. 뒤도 돌아보지 않고 걸음아 날 살려라 달아났다. 조조는 상당수의 군사와 장수들을 잃었다. 하지만 한탄할 겨를이 없었다. 앞만 보고 전진할 때 두 갈래 길이 나왔다.

"승상, 어느 길로 갈까요?"

그때 좁은 산길 쪽에서 연기가 피어오르는 모습이 보였다. 대로에는 사람의 흔적도 없었다.

"저 연기 나는 산길로 해서 화용도로 가자."

"승상, 적군이 매복해 있는 게 분명합니다. 연기를 보십시오. 어찌하여 그쪽으로 가려 하십니까?"

"병서에도 있다. 허허실실이라고. 허한 것이 실해 보이고 실한 것이 허해 보이는 법이다. 연기가 나면 대로로 갈 줄 알고 일부러 연기를 피운 것이 틀림없다. 내가 그런 꾀에 속을 사람이더냐? 어서 가자."

장수들은 고개를 끄덕였다.

"대단하십니다. 역시 저희들은 도무지 승상의 지략을 헤아릴 수가 없습니다."

초라한 조조의 행렬은 비틀거리며 험한 산길을 굽어 들어갔다. 비에 옷이 젖고 피곤이 겹쳐 아무 데라도 눕고 싶은 마음뿐이었다. 비가 내려 길이 진흙탕으로 변해 말발굽이 푹푹 빠져들었다. 군사들이 머뭇거리자 조조가 목소리를 높였다.

"군사라는 것은 길이 없으면 만들어서라도 가야 하는 법이다!"

"예, 명을 따르겠습니다!"

군사들이 나무를 베어 길을 메우며 앞으로 나아갔다. 길을 내어 가며 벼랑길을 걸어 전진하자니 여간 힘든 일이 아니었다.

"승상, 더는 못 가겠습니다."

"힘이 듭니다."

군사들이 울고불고 죽는다고 비명을 질렀지만 조조는 눈 하나 깜짝하지 않았다.

"네 이놈들, 죽고 사는 건 하늘에 달렸다. 울지 마라! 우는 자는 목을 베겠다!"

패잔병도 이런 패잔병이 없었다. 장수 하나

혼비백산(魂飛魄散)은 혼백이 어지러이 흩어진다는 뜻으로, 몹시 놀라 넋을 잃음을 이르는 말이야.

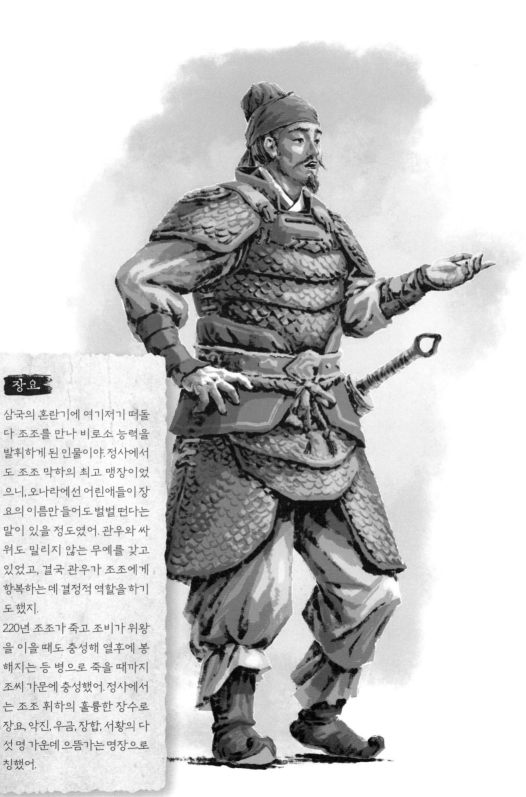

장요

삼국의 혼란기에 여기저기 떠돌다 조조를 만나 비로소 능력을 발휘하게 된 인물이야. 정사에서도 조조 막하의 최고 맹장이었으니, 오나라에선 어린애들이 장요의 이름만 들어도 벌벌 떤다는 말이 있을 정도였어. 관우와 싸워도 밀리지 않는 무예를 갖고 있었고, 결국 관우가 조조에게 항복하는데 결정적 역할을 하기도 했지.

220년 조조가 죽고 조비가 위왕을 이을 때도 충성해 열후에 봉해지는 등 병으로 죽을 때까지 조씨 가문에 충성했어. 정사에서는 조조 휘하의 훌륭한 장수로 장요, 악진, 우금, 장합, 서황의 다섯 명 가운데 으뜸가는 명장으로 칭했어.

가 헉헉대며 달려와 하소연했다.

"승상, 쉬었다 가야 합니다. 군사들이 발걸음을 떼기도 어렵습니다."

"형주까지 가서 쉬어도 늦지 않다. 어서 가자!"

그렇게 힘든 길을 몇 리쯤 더 갔을 때 조조가 또 소리 내어 웃었다.

"으하하하!"

"승상, 어찌하여 또 웃으시는 겁니까? 두렵습니다."

"내 눈에 주유와 제갈량은 참으로 무능한 자들이다. 이곳에 군사를 수백 명만 매복시켰더라도 나는 죽은 목숨이 아니더냐?"

그때였다. 오백쯤 되는 군사가 좌우에서 쏟아져 나왔다.

"조조는 게 서라!"

맨 앞에 선 장수는 긴 수염을 날리는 관우였다. 적토마에 높이 올라앉아 길을 막은 관우를 보고 조조는 넋이 나간 얼굴이 되었다. 웃을 때마다 적군이 출몰하니 귀신이 곡할 노릇이 아닌가.

"죽기를 각오하고 싸우도록 하라!"

조조가 얼떨결에 외쳤지만 어느 누구도 움직이려 하지 않았다.

"싸우려 해도 군사들은 지쳤고, 말도 움직이지 않습니다."

관우를 알아본 정욱이 앞으로 나섰다.

"승상, 지금 살길은 오로지 하나밖에 없습니다. 관운장의 인정에 기대는 수밖에요."

"그게 무슨 말이냐?"

"관우는 은혜를 갚을 줄 아는 자이며 약자를 능멸하지 않습니다. 신의가 두터운 사람이니 승상께서 과거에 베푼 은혜를 언급하며 간청하시면 이 위기를 벗어날 수 있습니다."

"그러는 수밖에……."

조조는 앞으로 나서서 불쌍한 표정을 지었다.

"관 장군, 그동안 무고하셨소?"

관우도 말 위에서 고개를 숙여 인사했다.

"제갈 군사의 명을 받아 관우가 승상을 기다리고 있었소이다."

"보다시피 내가 싸움에 패해 이 지경이 되었소. 부디 관 장군이 옛정을 생각해 길을 터주기 바라오."

관우는 냉정하게 말했다.

"내가 승상께 진 빚은 없소이다. 과거에 안량과 문추도 베었고, 백마에서 포위도 뚫어 드렸소이다. 은혜는 이미 갚았으니 오늘은 사사로이 행동할 수 없습니다."

"장군, 그대는 다섯 관문에서 나의 장수들을 여럿 죽였소. 어찌하여 유공지사가 자탁유자†를 쫓던 일을 모르시오?"

관우는 마음이 흔들렸다. 조조에게 은혜를 입었으면서 피해를 입었던 일이 생각났다. 조조도 불쌍한데 그의 군사들은 더욱 불쌍했다. 눈물을 흘리며 벌벌 떠는 꼴을 보자 측은지심이 발동했다. 관우는 도저히 조조를 생포할 자신이 없었다.

"즉시 사방에 흩어져 경계하라!"

한참 망설이던 관우가 돌아서서 명령을 내리자 군사들이 흩어지며 좌우로 길을 벌려 주었다. 그 순간 조조는 터준 길로 냅다 내달렸다. 순식간에 군사들이 빠져나가자 관우의 군사들이 쫓으려 했다. 그러자 관우가 손을 들어 제지했다.

그 뒤에 장요가 쫓아왔다.

"관 장군, 오랜만에 뵙겠습니다."

관우는 과거에 친하게 지냈던 그에게 고통
스러운 한마디를 내뱉었다.

"그대도 빨리 내 눈앞에서 사라져라!"

조조와 부하 장졸들은 관우 덕에 화용도를
빠져나갈 수 있었다. 누군가에게 받은 상처는
모래에 기록하고 받은 은혜는 대리석에 새기
라는 말이 있다. 관우야말로 영웅으로서 그 말
을 충실히 따른 장수였다. 조조가 자신과의 약
속을 지켰음을 잊지 않았기에 군령장까지 쓰
고 갔는데도 그를 놓아준 것이다. 자신의 죽음
까지도 각오하면서.

조조가 화용도에서 죽음의 문턱까지 갔다
가 살아 나와 남은 군사를 헤아려 보니 고작
스물일곱뿐이었다. 그때 멀리서 횃불을 들고
다가오는 군사들이 보였다. 조조는 죽음을 직
감했다.

"아, 이제 죽는구나! 내 명은 여기서 다했노
라."

다행히 그들은 조조의 사촌 동생 조인의 군

유공지사추자탁유자(庾公之斯追
子濯孺子)는 춘추 시대의 고사에서
나온 말이야. 위나라에서 대부 유
공지사를 시켜 자탁유자를 추격하
게 했어. 이때 자탁유자는 마침 병
이 들어 활을 쏠 형편이 못 되었지.
이에 유공지사가 말했어.
"나는 윤공지타에게 활쏘기를 배
웠으니 그는 나의 스승이오. 우리
스승은 당신에게 활쏘기를 배웠으
니 차마 당신의 활 솜씨로 당신을
해치고 싶지 않소"
이렇게 말한 후 촉이 없는 화살 네
대를 쏘고 돌아갔다는 데서 유래한
고사야. 멋진 사람들이지 않니?

사였다. 조인이 다가와 아뢰었다.

"전쟁에서 패하신 줄 진작 알았지만 감히 달려가지 못하고 이제야 만나 뵙습니다."

조조가 안도의 한숨을 내쉬었다.

"휴, 하마터면 내가 너를 못 볼 뻔했구나."

비로소 휴식을 취하게 되자 조조는 술상을 앞에 놓고 대성통곡했다.

"으흐흐흐흑!"

신하들이 영문을 몰라 물었다.

"어떤 역경도 두려워하지 않던 승상께서 어찌 통곡을 하십니까? 간신히 배불리 먹고 편안하게 쉬는 이 순간에 말입니다."

"곽가가 생각나서 그런다. 곽가는 왜 일찍 죽었단 말이냐? 곽가가 있었다면 이런 꼴은 당하지 않았을 텐데."

모사들이 무안해서 고개를 숙였다.

다음 날 조조는 조인에게 명령을 내렸다.

"허도로 돌아가겠다. 나는 반드시 이 원한을 갚을 것이다. 너는 이곳 남군을 잘 지키도록 해라. 계략을 하나 써 줄 테니 위태로운 순간에 열어 보아라. 그러면 감히 동오 군사들이 남군을 넘보지 못할 것이다."

조조는 조인에게 비단 주머니 세 개를 주며 당부하고, 장수들에게 성들을 잘 지키라 이른 뒤 허도로 줄행랑을 쳤다. 조인은 아우 조홍을 이릉으로 보내 지키게 했다.

이때 유비의 장수들은 저마다 전공을 세우고 귀환했다. 적으로부터 말과 무기를 빼앗고 군량도 탈취해 돌아왔다. 빈손으로 돌아온 장수는 관우뿐이었다. 승리를 자축하던 유비와 제갈공명 앞에 관우가 나타났다. 관우는 앞으로 나서서 비장하게 말했다.

"소신은 죽기 위해 왔습니다."

제갈공명이 물었다.

"관 장군은 어찌 빈손이시오? 혹시 조조가 제 예상을 벗어나 화용도로 오지 않았소이까?"

"아닙니다. 왔습니다."

"그런데 왜 빈손이시오? 조조의 목을 들고 오셨어야 하지 않소?"

"제가 무능하여 놓쳤습니다."

"그러면 장수나 군졸을 몇 명이나 붙잡았습니까?"

"하나도 못 잡았습니다."

제갈공명이 눈을 부라리며 대로했다.

"네 이놈, 군령을 어기고 조조를 놓아주다니! 네가 무슨 짓을 했는지 아느냐? 여봐라, 당장 저자를 군법에 따라 목을 베라!"

도부수들이 관우의 목을 베려 칼날을 놀렸다. 유비가 황급히 달려들어 말렸다.

"군사, 참으시오. 지난날 우리는 도원결의를 하여 같은 날 같은 시에 죽기로 맹세했소. 군법을 어기긴 했지만 지난날의 맹세를 저버릴 순 없지 않소이까? 부디 관우로 하여금 잊지 않고 있다가 공을 세워 속죄하게 해주시오!"

유비의 간청에 제갈공명은 못 이기는 척하며 관우를 용서했다.

적벽대전에서 대승을 거둔 주유는 손권에게 상황을 보고하고 전리품을 강동으로 보낸 뒤 큰 잔치를 베풀어 군사들을 격려했다. 이어 휘하 장수들을 모아 남군을 공격할 계획을 짜는데 유비가 보낸 손건이 찾아왔다.

주유가 손건을 맞아 물었다.

"어쩐 일로 오셨소?"

"주공께서 도독의 큰 덕을 사례하고 변변치 않지만 예물이라도 전해 드리라고 하셨습니다."

"유 황숙은 지금 어디 계시오?"

"유강 어귀에 계십니다."

주유가 깜짝 놀라 다시 물었다.

"제갈공명도 그곳에 함께 있습니까?"

"함께 계십니다."

"알겠소이다. 내가 곧 유 황숙을 직접 찾아뵙도록 하겠소이다."

손건을 돌려보내고 나자 노숙이 주유에게 물었다.

"아니, 아까 왜 그렇게 놀라셨습니까?"

"유비가 유강에 있다는 것은 남군을 노린다는 뜻 아니겠소? 우리가 온갖 공을 들여 겨우 남군을 취하려 하는데 저들이 저렇게 딴마음을 먹고 있으니 가만두면 안 되오."

"그럼 어떤 계책으로 유비를 몰아낼 작정이십니까?"

"직접 만나서 얘기를 들어보고 좋은 말로 나오면 별일 없겠지만 딴마음을 먹었으면 유비부터 없앨 생각이오."

"저도 함께 가겠습니다."

노숙과 주유는 삼천 명의 군사를 거느리고 유강을 향해 배를 띄웠다.

이때 손건은 유비에게 주유의 방문을 알렸다.

"주공, 주 도독이 찾아온답니다."

"주 도독이 왜 직접 온다는 건가?"

옆에 있던 제갈공명이 대신 답을 했다.

"우리가 남군을 차지할까 봐 걱정되어 찾아오는 것입니다."

"오호, 그럼 뭐라 둘러대야 하오?"

"제가 일러 드리는 대로만 하십시오."

이윽고 주유와 노숙이 군사를 거느리고 유비를 찾아왔다. 조자룡과 몇몇 장수가 나가 영접했는데, 유비를 만나러 오는 길 내내 주유는 주변을 살펴보고 적잖이 당황했다. 유비의 군세가 듣던 것과 달리 생각보다 웅대했기 때문이다.

유비와 제갈공명이 영문까지 나와 주유를 맞았다. 유비가 잔치를 베풀어 음식을 대접하고 술잔이 몇 순배 돌았을 때였다. 주유가 마침내 궁금한 것을 물었다.

"유 황숙께서는 왜 이곳에 머무르고 계시오?"

"무슨 말씀이십니까?"

"여기에 군사들을 끌고 온 것은 남군을 취하려는 것입니까?"

"그럴 리가 있습니까? 제가 이곳에 온 것은 도독께서 남군을 손에 넣으려 한다는 말을 듣고 도와주러 왔을 뿐입니다. 도독께서 남군을 취하지 않는다면 그때 제가 취하겠습니다."

"하하하! 동오는 한강을 손에 넣으려 한 지 오래되었소이다. 남군은 이미 우리 손에 들어온 거나 마찬가지인데 왜 취하지 않겠소?"

"그러시지요. 하지만 싸움에서 이기고 지는 것은 누구도 알 수 없는 일입니다. 조조가 성을 그냥 놔두고 갔을 리 없습니다. 조인에게 분명히 계책을 주었을 텐데, 조인 또한 호랑이같이 사나운 장수라 남군을 호락호락 취할 수는 없을 것입니다."

유비가 주유의 자존심을 건드렸다. 물론 이것은 제갈공명이 귀띔해 준 계책이었다.

"무슨 말씀이시오? 내가 남군을 못 취하면 그때는 유 황숙이 알아서 해도 좋소."

성질 급한 주유가 고함치듯 말했다.

"정말이십니까? 후회하지 않으시겠습니까?"

"대장부의 말은 중천금이오!"

"좋습니다."

그때 옆에 있던 제갈공명이 말했다.

"참으로 아름다운 말씀이십니다. 동오에 먼저 기회를 주고 이루지 못할 때 우리 주공께서 나서니 아무 문제가 없을 것입니다."

그리하여 주유는 마음을 놓고 돌아갔다.

주유가 가고 난 뒤 유비가 제갈공명에게 물었다.

"군사께서 하라는 대로 했소만 이거 잘못하는 거 아니오?"

"어찌 그런 말씀을 하십니까?"

"나는 지금 발붙일 땅 한 떼기 없는 사람이오. 어떻게든 남군이라도 얻어 그곳에서 힘을 길러야 하는데 주유가 먼저 차지한다면 어찌한단 말입니까?"

"하하하!"

이번엔 제갈공명이 웃었다.

"주공께선 제가 그토록 형주를 차지하라 할 때는 도무지 듣지 않으셨습니다. 왜 생각이 바뀌셨습니까?"

"그때는 같은 집안인 유표가 형주를 차지하고 있었소. 어떻게 의리를 저버린단 말이오? 하지만 지금은 유표가 죽고 조조가 차지하고 있으니 당연히 내가 취해야 하오."

군자는 의리를 가장 귀하게 여긴다. 바른 의리를 근본으로 하여 그 의를 행하더라도 가깝고 먼 것, 존귀하고 비천한 것 등을 가려서 겸손한 태도로 말하고 항상 거짓 없는 신의를 보여준다. 유비는 그런 유표에 대한 자신의 의리를 말한 것이다.

"걱정하지 마십시오. 주유더러 마음대로 해보라고 하십시오. 조만간 제가 주공을 남군성에 높이 앉아 계시게 해드리겠습니다."

"군사가 꾀가 있는 모양이오?"

"걱정하지 마십시오. 저에게 계책이 있습니다."

유비는 제갈공명의 말을 듣고 더 이상 군사를 움직이지 않고 기회를 엿보았다.

2
헛수고만 한 주유

주유와 노숙은 함께 앉아 대책을 강구했다.

"도독께선 어찌하여 현덕이 남군을 취해도 좋다고 하셨습니까?"

노숙은 걱정이 태산이라는 표정이었다.

"허허, 남군쯤은 내가 손끝 하나만 놀려도 얻을 수 있소. 유비가 그렇게 원하니 그러마고 약속한 것뿐이오."

"만에 하나 일이 어찌 될지 모르는 것 아닙니까?"

"걱정 마시오. 내 당장 남군을 얻으면 될 것 아니오. 여봐라! 누가 앞장서서 남군을 취할 것이냐?"

"저에게 기회를 주십시오."

기다렸다는 듯 부하 장수 장흠†이 나섰다.

"오, 그래. 그대가 선봉이 되어 앞장서라. 서
성과 정봉을 부장으로 삼아 먼저 오천 명의 군
사를 이끌고 가면 내가 따라가 도울 것이다."

주유가 남군을 얻기 위해 힘과 뜻을 모을 때
남군성은 조인이 지키고 있었다. 이릉을 지키
던 조홍과는 서로 도움이 필요할 때 원군이 되
기로 약조한 상태였다. 그들이 세력을 굳건히
보존하고 있을 때 전령이 주유가 쳐들어온다
는 사실을 알렸다.

"동오의 군사들이 강을 건넜습니다."

"드디어 올 것이 왔구나."

조인은 당장 부하 장수들을 불러 대책을 강
구했다.

"적과 맞서 싸울 필요는 없다고 생각하오.
싸우지 않고 성을 지키는 게 상책이오."

"그렇습니다. 승상께서 패배하여 물러나신
마당에 우리까지 섣불리 싸우다 힘을 낭비하
면 안 될 것입니다."

군사를 엄하게 다스리기로 유명한 우금이
나섰다.

동오의 장수인 장흠은 수춘 출신으
로 일찍이 손책이 강동을 지배할
때 그의 휘하에 들어왔어. 전쟁에
서 공을 많이 세웠고 동료 장수 주
태와 친하게 지냈지.

"어찌 비겁한 얘기들만 하고 있소이까? 적이 성 밑까지 왔는데 싸우지 않다니, 이러고도 그대들이 장수라 할 수 있소? 게다가 우리 군사들은 사기가 저하되어 있소이다. 지난번 적벽에서 크게 패했으니 이참에 보란듯이 주유를 무찔러 군사들의 사기를 북돋아야 할 것이오. 나에게 군사를 주면 목숨 걸고 나가 싸우겠소이다."

조인은 우금의 용맹에 마음이 흐뭇했다. 싸움에 패해 사기가 떨어진 군사에게 꼭 필요한 것이 우금처럼 용맹한 장수였다.

"좋소. 장군에게 오백 명의 군사를 내주겠소. 적의 꾀에 속지 않도록 유념하시오."

우금이 오백 명의 군사를 이끌고 성문 밖으로 나갔다. 동오의 군사들은 이미 진을 친 상태였다. 우금이 나가 싸움을 걸자 정봉이 맞서 싸우러 나왔다.

"네 이놈, 모가지를 내놓아라!"

두 장수는 선봉이라 한 치도 물러설 수 없었다. 치열하게 몇 합을 겨루고 나자 정봉이 당할 수 없었는지 뒤돌아 도망쳤다.

"네 이놈, 게 서라!"

우금은 기세등등했다. 적장의 목을 베어 상도 받고, 패전으로 사기가 떨어진 군사들의 기도 살리고 싶었다. 우금이 군사들을 거느리고 거세게 몰아칠 때 정봉은 우금이 동오의 진 안으로 들어오기를 기다렸다가 재빨리 사방을 둘러쌌다.

"아뿔싸!"

우금은 계략에 말린 것을 알고 빠져나갈 길을 찾았다. 좌충우돌 애를

썼지만 포위망은 점점 더 좁혀 왔다. 오천의 군사가 둘러싼 가운데 오백 명이 꼼짝없이 갇힌 꼴이니 난감했다. 성 위에서 상황을 지켜보던 조인이 급히 서둘렀다.

"내가 직접 가야겠다."

조인이 군사 수백 기를 이끌고 성 밖으로 나가 동오의 진지로 뛰어들었다. 그 바람에 일대 혼전이 벌어졌다. 휘몰아치는 조인의 공격에 동오 군사들은 혀를 내둘렀다. 당대의 명장 조인의 기세에 포위망이 허물어지자 우금은 활로를 찾을 수 있었다.

"어서 도망치자!"

조인의 칼날이 허공에서 춤을 추었다. 동오 군사들이 달려들어 막으려 했지만 조인의 용맹을 당할 재주가 없었다. 조인은 우금과 함께 군사들을 베어 넘기며 포위망을 빠져나왔다. 장흠은 애당초 조인의 상대가 되지 않았다. 조인은 적의 목을 수없이 벤 뒤 무사히 군사를 이끌고 성으로 들어갔다.

소식을 접한 주유는 화가 머리끝까지 치밀었다.

"이놈, 남군성 하나를 손에 못 넣고 군사들까지 잃었단 말이냐? 당장 저자의 목을 베라!"

"도독, 적 앞에서 장수의 목을 베는 것은 안 됩니다. 용서해 주시고 공을 세우도록 하옵소서!"

주위 장수들이 나서서 말리자 주유가 간신히 화를 억눌렀다.

"에잇, 안 되겠다. 내가 직접 해결하리라."

주유가 나서려 하자 감녕이 말렸다.

"도독, 진정하십시오. 지금 조인을 잘못 건드리면 이릉의 조홍까지 원군으로 싸움에 나설 것입니다. 양쪽 군사 사이에 우리가 끼게 되면 좋을 것이 없습니다. 차라리 제가 군사를 끌고 가 이릉을 먼저 점령하겠습니다. 이릉을 점령한 다음 남군을 치시는 게 어떠하신지요?"

좋은 계책이었다. 남군성을 치는 데 전념하다 조홍에게 뒤통수를 얻어맞으면 버틸 수가 없을 터였다.

"좋다. 삼천의 군사를 주겠다. 이릉을 반드시 점령하라!"

감녕이 이끄는 삼천 군사가 이릉을 향해 빠져나갔다. 조인이 그런 사실을 모를 리 없었다. 정탐꾼들이 속속 정보를 물고 가자 조인이 진교†를 불러 상의했다.

"여보게, 동오 군사들이 이릉으로 달려가고 있다 하네."

"큰일입니다. 이릉이 무너진다면 남군도 지키기 어렵습니다. 원군을 보내야 할 것 같습니다."

"그렇지. 남군과 이릉이 기각지세†를 이루고 있는데 흔들리면 안 될 것이야."

조인은 조순과 우금을 이릉으로 보냈다. 조순은 더 빠른 말을 보내 조홍에게 이런 사실을 알린 뒤 성 밖으로 나와 적을 유인하도록 꾀를 내주었다.

전후 사정을 알 리 없는 감녕은 기세 좋게 군사 삼천 명을 이끌고 이릉으로 달려갔다. 한데 조홍이 먼저 나와 진을 치고 있지 않은가. 적이 쳐들어오면 성안에 들어가 버티며 시간을 끄는 것이 상례였는데 조홍은 오히려 선제공격을 취한 것이다.

감녕은 조홍과 어울려 이십여 합을 치열하게 싸웠다.

"안 되겠다. 도망쳐라!"

조홍의 명에 따라 군사들이 일제히 후퇴하는데 이건 또 어찌 된 일인가. 군사들이 성안으로 도망치는 게 아니라 다른 쪽으로 빠져나가는 것이었다.

"이때다. 성을 차지하라!"

감녕은 어차피 조홍을 잡는 것이 목적이 아니라 성을 차지하는 것이 목적이었다. 큰 희생 없이 이릉을 차지한 동오 군사들은 사기가 하늘을 찔렀다.

"만세! 만세!"

그러나 이 모든 것이 조홍의 계략이었다. 해질 무렵 조순과 우금의 군사들이 합세하여 이릉성을 포위했다. 갑자기 대군에게 포위당한 감녕은 위기를 느꼈다. 승전의 기쁨에 빠져 적의 전술을 미처 헤아릴 새도 없었던 것이다.

감녕은 전령을 보내 주유에게 이런 사실을 알렸다.

"도독! 이릉을 점령하긴 했으나 조조 군에게 포위되었습니다. 아주 위급합니다. 수적으

진교는 헌제 말에 상서를 지내다 조조에게 귀순한 인물이야. 적벽대전 후에 조조가 조인을 돕도록 남겨둔 신하지.

꩜

기각지세(掎角之勢)는 군사들을 배치하는 한 가지 방법이야. 사슴을 잡을 때 뿔과 다리를 동시에 잡으면 꼼짝하지 못하는데, 여기에서 뿔을 잡는 것을 '각(角)', 다리 잡는 것을 '기(掎)'라고 하지. 군사를 나누어 공격과 견제를 동시에 하는 전법이야.

로 큰 열세라 도와주셔야 합니다.”

주유는 깜짝 놀랐다.

“적의 계교에 빠졌구나.”

정보가 황급히 제안했다.

“군사를 나누어 구하러 가야 합니다.”

옳은 말이었지만 주유는 고개를 저었다.

“남군성을 차지하는 것도 중요한데 여기서 군사를 나누었다가 조인이 역습이라도 하면 어쩌겠는가?”

그것도 고민이었다. 지금 있는 군사를 가지고 조인의 대군을 맞서 싸우기도 힘에 부칠 지경이었다.

그러자 여몽이 나섰다.

“도독, 감녕을 잃을 순 없습니다. 그는 큰 장수고 나라에 도움이 될 위인입니다. 꼭 구해야 합니다.”

“나도 알고 있다. 당장 구하고 싶은 마음이야 굴뚝같지만 내가 자리를 비우면 이곳은 또 누가 지킨단 말인가?”

“능통에게 맡기십시오. 능통이 이곳을 맡으면 제가 선봉을 서고 도독께서 뒤를 끊어 열흘이면 충분히 적을 무찌르고 이릉을 지켜 낼 수 있습니다.”

“능통, 그대가 이곳을 맡아 지킬 수 있겠는가?”

“열흘이 넘으면 곤란합니다. 그전까지라면 어떻게든 맡아 지켜보겠습니다.”

“내 그대를 믿고 이릉을 향해 떠나겠다.”

진영을 능통에게 맡긴 주유는 이릉을 향해 움직였다. 행군하면서 지형지세를 살피는데 여몽이 제안했다.

"도독, 우리가 공격하면 분명히 조홍의 군사들이 조인과 합세하려고 길을 나설 것입니다. 그때 지름길이 남쪽의 이 산길입니다. 우리가 적을 치면 그들이 도망가려 이 길을 통과할 텐데, 나무를 베어 길을 막아 놓으면 그들은 말을 두고 갈 것입니다. 그럼 우리가 쉽게 그들이 버린 말을 취할 수 있습니다."

"좋은 전략이다. 당장 실시하게."

여몽은 군사 오백 명을 보내 남쪽의 좁은 산길을 막도록 했다. 그리고 서둘러 진군했다.

이릉 부근에 도착하자 주유가 부하 장수들에게 말했다.

"저 포위망을 뚫고 누가 감녕을 구할 것인가?"

이릉성은 이미 포위되어 성안에서는 꼼짝달싹 못하게 되어 있었다.

주태가 앞으로 나섰다.

"소장에게 명을 내려 주십시오. 당장 감녕을 구해 오겠습니다!"

주유가 허락하자 주태가 칼을 휘두르며 달려가 성을 포위한 조조 군 무리로 진격했다. 뜻밖의 기습을 당한 조조 군은 맥없이 포위망이 뚫렸다. 그들은 주태가 성안으로 들어가는 것을 두 눈 뜨고 보고 있을 수밖에 없었다.

감녕이 문을 열고 나와 주태를 맞았다.

"어서 오시오, 장군!"

"좋은 소식이오. 도독께서 직접 군사를 거느리고 오셨소이다. 아무 걱정 하지 않으셔도 됩니다."

"우리가 할 일은 뭐요?"

"도독께서 공세를 취할 때 안에서 맞받아 싸우는 것이오. 준비에 차질이 없어야 할 것입니다."

감녕은 휘하 장수들에게 무장을 갖추게 하고 군사들을 배불리 먹이고 때를 기다렸다.

조조 군 진영에서도 긴급회의가 열렸다.

"지금 성으로 들어간 작자가 누구냐?"

"주태라는 자입니다. 그런데 주유가 직접 이곳에 군사를 거느리고 온 듯합니다."

조홍은 이런 사실을 남군에 있는 조인에게 알리는 한편 군사를 정비해 주유와의 일전에 대비했다.

마침내 주유가 전투 명령을 내렸다.

"조조 군을 모조리 무찔러라!"

"와아아아!"

주유의 군사들이 물밀듯이 몰아치자 성문이 열리며 주태와 감녕의 군사들도 밀고 나왔다. 조홍을 비롯한 군사들은 양쪽의 적을 상대로 싸울 재간이 없었다. 사방에서 동오 군사들이 달려들자 그들은 도망치기 시작했다.

"여기에서 남군으로 가는 가장 가까운 길이 어디냐?"

"남쪽 산길입니다."

"어서 그쪽으로 후퇴하라. 남군성에 가서 힘을 모아 다시 이릉을 되찾자."

조홍과 조순, 우금이 힘껏 말을 달려갔다. 하지만 남쪽 산길은 주유군에 의해 이미 나무들이 첩첩이 베어져 도저히 말을 타고 지나갈 수가 없었다.

"장군, 산길이 막혔습니다. 말을 타고 갈 수가 없습니다."

동오 군사들이 쫓아오는 마당이라 조홍은 한시도 지체할 수 없는 상황이었다.

"할 수 없다. 말을 버리고 가자."

여몽의 예상대로 남겨진 오백 필의 말은 동오군의 손에 들어갔다.

이릉을 차지한 주유는 얼마 안 되는 군사만 남겨 두고 기세를 올리며 남군을 향해 달렸다. 전령에게 소식을 들은 조인은 이릉을 구하러 오는 중이었다. 양군이 정면으로 맞닥뜨렸다.

"주유의 군사다. 무찔러라!"

"조인, 기다려라!"

양쪽 군사들은 치고 박고 일대 혼전을 벌였다. 하지만 금세 날이 어두워져 군사를 거두어들였다. 조인은 다시 남군성 안으로 들어가 부하들과 대책을 논의했다.

"큰일이다. 이릉을 빼앗겼으니 기각지세가 흐트러지고 말았다."

이릉에서 쫓기다시피 도망쳐 온 조홍이 말했다.

"형세가 위급합니다. 장군, 어찌하여 승상께서 알려 주신 계책을 꺼내 보지 않습니까?"

"아차차, 승상께서 위태로울 때 꺼내 보라고 했지."

조인이 주머니를 열었다. 그 안에 과연 신묘한 계책이 들어 있었다.

"오, 역시 승상이시다. 여봐라! 적벽의 원한을 풀 때가 왔다. 군사들은 밥을 든든히 먹고 동이 트는 대로 성을 버리고 빠져나가도록 하라."

조인의 명에 따라 군사들이 밥을 든든히 먹고 해가 뜰 무렵 보란듯이 성문 밖으로 빠져나갔다. 성안에는 깃발을 잔뜩 꽂아 군사가 그대로 있는 척 위장했다.

그 시각, 주유는 해가 뜨면 다시 공격하려고 준비를 하고 있었다.

"도독, 적들이 성에서 빠져나가고 있습니다."

"뭐라? 그게 정말이냐?"

지휘대에 올라가 내려다보니 성문 세 곳을 열고 조인의 군사가 황급히 빠져나오는 것이 아닌가. 깃발만 꽂아 놓았을 뿐 성안에는 군사들이 보이지 않았다.

"조인이 도망가려 하는 게 틀림없다. 빨리 남군성을 차지해야 한다. 군사를 둘로 나누어 양 날개처럼 벌려라. 벌린 군사를 전군과 후군으로 나누어라!"

한마디로 군사를 넷으로 나눈 것이었다.

"전군은 적을 추격하여 무찌르되 징을 치면 곧장 돌아오라. 그사이 내가 군사를 이끌고 성을 점령할 것이다. 정보는 후군을 맡도록 하라."

주유는 군사를 거느리고 기세 좋게 앞으로 나아갔다. 조조 군에서 조홍이 말을 타고 나왔다. 주유가 조홍을 보고 크게 꾸짖었다.

"네 이놈! 역적 놈이 무엇을 얻겠다고 나서는 게냐? 한당, 저놈을 잡아 와라!"

조홍이 한당과 삼십여 합을 겨루었다. 하지만 끝내 당하지 못하고 뒤돌아 도망쳤다. 그러자 조인이 곧장 구하러 달려 나왔다. 주태 역시 마주 나가 조인과 격전을 벌였다. 하지만 조인도 당하지 못하고 도망치자 조조 군사들이 맥없이 흩어졌다.

"기세를 몰아 남군성을 포위하라!"

주유의 명에 따라 군사들이 남군성 밑까지 들이닥치자 성 밖에 나와 있던 군사들이 성으로 들어가지 않고 서북쪽으로 도망쳤다. 한당과 주태가 그들을 뒤쫓았다. 성문은 활짝 열려 있었다. 조인의 군사들이 성을 버리고 도망가는 것이 분명했다.

"성을 접수하라!"

주유의 군사들은 기다렸다는 듯 남군성 안으로 들어갔다. 이때 성루 위에 숨어 있던 진교는 성안으로 들어오는 주유를 지켜보았다. 성루 위에는 보이지 않게 궁수들을 숨겨 놓고 있었다. 이런 계교는 모두 조조에게서 나온 것이다.

주유가 직접 성안으로 들어오자 진교가 징을 울려 신호를 보냈다. 그 순간, 숨어 있던 궁수들이 일제히 일어나 화살을 쏘아 댔다.

"함정이다! 적군이다!"

방패를 들어 막았지만 한발 늦었다. 주유가 말머리를 돌리려는데 화살 하나가 날아와 갈빗대에 꽂혔다.

"아악!"

주유가 말에서 떨어졌다. 성안에 숨어 있던 우금이 주유를 잡으려고 달려 나왔다.

"주유야, 네놈의 목은 내 것이다!"

서성과 정보가 달려가 목숨 걸고 주유를 구했다. 어디에 숨어 있었는지 알 수 없는 조조의 군사들이 끝없이 쏟아져 나와 동오 군사들은 도망치려다 자기편에게 밟혀 죽기까지 했다.

후군을 지휘하던 정보는 사태가 심상치 않은 것을 보고 후퇴하려 했다. 하지만 도망쳤던 조인과 조홍이 어느새 군사를 거느리고 달려와 양쪽에서 몰아쳤다. 다행히 능통이 군사를 몰고 와 막아 준 덕에 겨우 목숨을 건졌다.

조인은 대승을 거둔 뒤 유유히 성안으로 들어갔고, 정보는 패잔병을 수습했다.

"도독께서 화살에 맞았다. 빨리 의원을 불러라."

군의가 달려와 쇠 집게로 주유의 가슴에서 화살촉을 꺼냈다. 화살촉은 몸에 박힐 때는 쉽게 들어가지만 반대로 꺼내기란 힘든 법이었다. 미늘이 있어서 상처를 더 크게 만드는 까닭이다. 화살촉을 꺼내고 상처에 약을 발랐다. 주유는 통증이 심해 먹지도 못하고 자리에 누워 있어야만 했다.

"도독이 맞은 화살촉 끝에 독이 있습니다. 쉽게 낫기 어렵습니다."

"독화살을 쐈구나."

"그렇습니다. 만약 도독께서 화가 나서 분통을 터뜨리시다 자칫 아물던 상처가 다시 터질 수 있습니다. 절대 안정하셔야 합니다."

이 말을 들은 정보는 영채를 지키며 장수들에게 명령했다.

"함부로 나가 싸우지 말고 철저히 자리를 지키도록 하라. 도독께서 부상을 당하셨다."

양군은 대치한 상태로 사나흘을 보냈다. 우금이 매일같이 달려와 싸우자고 시비를 걸었다.

"비겁한 주유야, 나와라! 자빠져 자려고 이곳에 왔단 말이냐? 으하하하!"

우금은 실컷 욕을 퍼붓고 날이 저물면 군사를 거느리고 돌아갔다. 정보는 이런 상황을 주유에게 알리지 않았다. 다혈질인 주유가 화를 내다 상처가 터지면 돌이킬 수 없었기 때문이다.

다음 날도 그다음 날도 우금은 동오의 진영 앞에 나와 욕을 해 댔다. 주유를 조롱하며 멱살을 끌고 가겠다든지, 온갖 입에 담지 못할 욕설을 해 대며 모욕했다. 주유도 우금이 퍼붓는 욕설을 다 듣고 있었다. 하지만 어느 장수도 적군이 진영 앞까지 와서 욕을 한다는 사실을 보고하지는 않았다.

다음 날은 조인이 직접 대군을 이끌고 성 밖으로 나와 주유를 모욕했다. 북을 치고 요란하게 욕설을 퍼부은 것이다.

"비겁한 주유 놈아, 숨지 말고 나와라! 그러고도 도독이라 할 수 있느냐? 으하하하, 군사들 보기가 부끄럽지 않으냐?"

정보는 영채를 지키기만 할 뿐 싸움에 응하지 않았다. 병석에 누워 듣고 있던 주유가 장수들을 불렀다.

"누가 이렇게 북을 치고 소란하게 구는 것이냐?"

주유가 사실을 알면 화가 치솟을까 봐 장수들은 거짓말로 둘러댔다.

"군사를 훈련시키는 중입니다. 심려하지 마십시오."

"뭐라, 너희들이 지금 나를 속이는 것이냐? 조조 군이 매일 와서 싸움을 거는 것 아니냐? 정보 장군은 병권을 가지고 있으면서 왜 싸우지 않는가? 왜 보고만 있단 말인가?"

장수들은 어쩔 줄 몰라 고개를 숙였다. 정보가 뒤늦게 장막으로 들어오자 주유가 다짜고짜 화를 냈다.

"왜 출군하여 저자들의 입을 막지 않은 겐가? 저런 욕설을 듣고 있으면 우리 군사들의 사기가 떨어진다는 것을 모른단 말인가?"

"도독, 의원이 신신당부했습니다. 도독께서 화를 내거나 충격받으면 상처가 터져 돌이킬 수 없다고 말입니다. 그래서 조조 군사들이 건방지게 굴어도 알리지 못했습니다."

"싸우지 않으면 그대들은 어쩔 작정인가?"

"지금은 상황이 좋지 않습니다. 군사를 거두어 강동으로 돌아가시지요. 건강을 되찾은 뒤 다시 와도 늦지 않다고 생각합니다."

"그 무슨 망발인가? 내가 남군을 못 차지하면 유비가 차지해도 좋다고 약속했는데, 그에게 남군성을 내줘도 좋단 말인가?"

"그건 아니지만, 장군의 건강이 우선이기 때문입니다."

"여기서 빈손으로 돌아갈 수는 없다. 국록을 먹는 장수가 싸움터에서 죽는 건 당연한 일이다. 나 하나 때문에 대사를 그르칠 순 없다. 갑옷을 가져와라."

상처를 동여맨 채 주유는 갑옷을 입고 말에 올랐다. 부하 장수들은 그를 말릴 수 없었다. 주유가 수백 기를 거느리고 영채 밖으로 직접 나섰다. 조인은 이미 군사들을 배치해 놓고 한창 욕설을 퍼붓고 있었다.

"애송이 같은 주유야! 화살에 맞아 곧 죽을 모양이구나. 이제 다시는 우리를 넘보지 못하겠지, 으하하하!"

조인이 욕설을 퍼부을 때 주유가 갑자기 말을 달려 나가며 벼락같이 외쳤다.

"네 이놈, 조인아! 네놈이 나를 몰라보느냐? 주유도 몰라보는 맹인이 됐구나!"

조조의 군사들은 주유가 느닷없이 나타나자 깜짝 놀랐다. 병석에 누워 있다고 알고 있었는데 갑자기 말을 타고 나타났기 때문이다.

"옳거니, 저자는 지금 화를 돋우면 죽는다고 했다. 군사들에게 욕을 퍼부으라고 해라."

조조의 군사들은 일제히 욕을 퍼부었다.

"애송이 주유 놈아! 네 마누라 치마폭에나 숨어라!"

"싸움에 이겼다지만 땅 한 뙈기 못 차지한 바보가 아니더냐?"

주유가 격분했다.

"내가 이자들을……."

소리치던 주유가 갑자기 입에서 피를 뿜으며 말에서 떨어졌다.

"으악!"

조조의 군사들은 기회는 이때다 하고 기세를 올렸다.

"주유가 쓰러졌다! 쳐들어가자!"

양군이 혼전을 벌이는데 주유의 장수들이 황급히 주유를 구해 장막으로 돌아왔다. 정보가 달려와 물었다.

"도독, 어찌 된 일입니까? 상태가 어떠십니까?"

눈을 감고 있던 주유가 가만히 눈을 떴다.

"이것은 나의 계책이오. 너무 걱정하지 마시오."

정보가 가슴을 쓸어내리며 물었다.

"무사하셨군요. 무슨 계책이라는 것입니까?"

"그다지 아프진 않소. 적을 속이기 위해 일부러 위독한 것처럼 보였을 뿐이오. 진중에 내가 죽었다고 소문을 내시오. 그러면 분명히 오늘밤에 저자들이 습격하러 올 거요. 미리 군사를 매복해 두면 조인을 잡는 것은 식은 죽 먹기요."

"참으로 놀라운 계책입니다. 그대로 실행하겠습니다."

정보가 밖으로 나와 장수들에게 지시했다.

"지금 즉시 곡을 하여라."

정보의 명에 따라 장수들이 모두 통곡했다.

"으허허허! 도독, 이대로 가시면 어찌십니까?"

"대업은 어찌하고 이리도 허무하게 눈을 감으십니까?"

장수들이 꿇어 엎드려 통곡하자 군사들이 당황했다. 그러는 사이에 급격히 소문이 퍼졌다.

"도독이 금창†이 터져 쓰러졌대."

"아이고, 도독께서 돌아가시다니……"

소문은 사방으로 퍼졌다. 영채에 조기를 내걸고 주요 장졸들이 상복으로 갈아입고 통곡했다.

남군성에서는 조인이 마지막 일격을 가하기 위한 작전을 짰다.

"분명히 주유가 피를 뿜으며 쓰러지는 것을 봤소. 금창이 터졌을 테니 곧 죽을 것이야."

"이 틈에 적을 칩시다!"

"그래서 오늘 밤에 쳐들어가는 것이 어떨까 생각 중이오."

"주유가 확실히 죽었는지 안 죽었는지 확인해야 하오."

이때 한 군사가 들어와 보고했다.

"장군, 동오에서 군사 십여 명이 투항해 왔습니다."

"그래? 어떤 자들이냐?"

"우리 군사였는데 포로로 잡혀 동오 군사가 된 자들도 있습니다."

"그자들을 데려와 보라."

조조 군이었던 군사 몇 명이 달려와 무릎을 꿇었다.

"지금 주유 군의 사정이 어떠하냐?"

"장군, 오늘 주유가 죽은 것으로 압니다. 장졸들이 상복을 입고 통곡하고 있습니다. 군사들은 동요하고 있고요."

"너희들은 왜 투항했느냐?"

"저희들은 정보 밑에서 박대를 당했습니다. 그래서 박대를 당하느니 차라리 장군 밑에 들

칼, 창, 화살 등으로 입은 상처를 금창이라고 해. 상처를 방치하면 나쁜 균이 침입해 곪고, 증상이 점점 더해 고통을 받을 만큼 악화되는 것이 오늘날 말하는 파상풍이지.

어와 죽을 각오로 투항한 것입니다."

"그래, 잘 왔다."

조인은 기뻐하며 장수들을 불러 의논했다.

"오늘이야말로 주유의 목을 베어 승상에게 보낼 기회다. 오늘 밤에 급습하자."

"좋은 생각입니다. 서둘러야겠습니다."

"우금을 선봉으로 하고 조홍과 조순은 후군을 맡아라. 내가 중군을 거느리겠다. 진교는 전처럼 남은 군사들과 함께 성을 지켜라!"

그날 밤, 해가 지고 어둠이 깔릴 무렵 조조의 군사들이 말을 달려 동오의 진지로 쳐들어갔다.

"주유야, 네놈의 시체를 가져가려 우리가 왔도다!"

동오의 진지를 마구 짓밟긴 했지만 영채에는 개미 한 마리 보이지 않았다. 다만 깃발과 창검만 숱하게 꽂혀 있는 것이 아닌가.

"아뿔싸, 계략에 속았다. 후퇴하라!"

조인이 퇴각 명령을 내렸지만 이미 때가 늦었다. 좌우에서 북소리가 울리더니 동오 군사들이 사방에서 튀어나와 그들을 포위했다. 함정에 빠진 군사들은 준비하고 있던 군사들을 결코 이길 수 없었다. 전후좌우로 포위된 조조 군사들은 궤멸되고 말았다.

조인은 고작 십여 명의 군사와 포위망을 뚫고 나오다 조홍을 만나 겨우 함께 도망쳤다. 장수들 몇 명만 살아남은 것이다. 새벽이 되어서야 남군성 부근에 도착한 조인이 숨을 고르는데 갑자기 한 무리의 적군이 나타났다. 능통의 군사들이 길을 막은 것이다. 다시 험로를 뚫고 도망치는데 이번에는 감녕의 군사들이 쫓아왔다.

"아, 남군으로 들어갈 길이 없도다."

"장군, 하후돈 장군이 있는 양양으로 가시지요."

"그래야겠다. 양양으로 길을 잡아라!"

양양으로 발걸음을 돌리자 비로소 동오 군사들이 추격을 멈추었다. 그들은 남군을 차지하면 그만이었다.

대승을 거둔 주유와 정보는 군사를 수습했다.

"도독, 경하드립니다. 드디어 남군성을 차지했습니다. 조인은 대패하여 물러갔습니다."

"수고 많았다. 성으로 들어가자."

군사들을 이끌고 성 앞에 닿은 주유는 조금 놀랐다. 당연히 비어 있을 줄 알았는데 성문이 굳게 닫혀 있었다.

"성안에 누가 있단 말이냐?"

"분명히 조조 군사들은 한 놈도 남김없이 도망쳤습니다."

그때 성루에서 늠름한 장수가 모습을 드러냈다.

주유가 노기 띤 목소리로 물었다.

"너는 누구냐?"

"도독, 과히 섭섭하게 생각하지 마시오. 나는 상산의 조자룡이오."

"조자룡? 유비의 장수인 그대가 왜 여기 있는가?"

"우리 군사이신 제갈공명 선생께서 명령하셨소. 이 성을 차지하라고 말이오."

"무엇이?"

감녕

젊은 시절부터 호전적이며 성격이 용맹했다고 해. 촉 지방에서 20여 년을 위세를 부리며 두목 노릇을 하다가 성격이 누그러지면서 형주의 유표에게 투항했지만 별로 대접을 받지 못했단다. 다시 강하 태수 황조에게 몸을 맡겼지만 역시 결과는 마찬가지였어. 황조 밑에 있던 소비가 도와주어 최종적으로 부하들을 데리고 손권에게 투항하지. 훗날 소비에 대한 의리를 지킬 뿐만 아니라 많은 공을 세워 동오의 가장 중요한 장수로 우뚝 서게 돼.

주유가 격분하여 당장 남군성을 공격했다.

"이런 파렴치한 놈들, 내 그냥 둘 수 없다. 당장 공격하라!"

하지만 성 위에서 화살이 쏟아져 성에 접근할 수가 없었다.

"우리가 조인과 싸우는 동안 간교한 유비가 남군성을 차지했다. 그렇다면 형주와 양양을 먼저 취한 뒤 남군성을 공격하자. 감녕, 그대는 형주를 함락하라! 능통, 그대는 양양을 취하라!"

주유는 발 빠르게 수천 명의 군사를 나누어 두 장수에게 딸려 보냈다.

"명령을 받들겠습니다!"

감녕과 능통이 군사를 정비하여 길을 떠나려던 참이었다. 전령이 달려와 득달같이 보고했다.

"도독! 제갈량이 남군성을 취한 뒤 즉시 조인의 병부를 이용해 형주를 지키는 조조 군에게 거짓 명령서를 보냈습니다. 남군성이 위태로우니 원군을 보내 달라 한 것입니다. 그런 다음 장비에게 형주를 치게 해 형주를 차지했답니다."

"뭐라? 그게 정녕 사실이냐?"

그때 또 다른 전령이 달려왔다.

"도독! 양양을 지키던 하후돈이 속았답니다. 제갈량이 사람을 보내 조인이 구원 요청을 했다고 속여 군사를 성 밖으로 끌어낸 다음 관우를 시켜 양양을 점령했답니다."

놀라운 소식이 잇달아 들어왔다. 주유로서는 견디기 힘든 충격적인 소식들이었다.

"으으, 이럴 수가 있단 말인가? 유비가 형주와 양양을 거저 차지했다고? 도대체 제갈공명이 어떻게 병부를 차지한 것이냐?"

병부는 작전 명령서를 쓸 수 있는 권한이었다. 조인이 패해 혼란한 틈을 타서 제갈공명이 선수를 친 것이다. 정보가 상황을 파악하고 나서 말했다.

"남군성을 차지하면서 진교를 사로잡은 것 같습니다. 진교를 통해서 명령을 내린 것 같습니다."

"아악!"

분통을 끓이던 주유는 외마디 비명을 지르며 쓰러졌다. 완전히 아물지 않은 금창이 터진 것이다. 온갖 고생을 해 가며 싸웠는데 성 하나 차지하지 못했으니 금창이 열두 번은 더 터질 일이었다.

혼절한 주유는 한참 만에 깨어났다.

"도독, 지금은 섭생에 주의하십시오. 빼앗긴 성은 다시 찾을 수 있습니다. 노여움을 가라앉히십시오."

장수들이 충고했지만 주유는 화가 가라앉지 않았다.

"내가 촌놈 유비와 그 밑에 있는 잡놈 제갈공명을 못 죽이면 가슴에 맺힌 원한이 풀리지 않겠구나."

배반과 배신은 인간의 역사와 늘 함께해 왔다. 과거에 은나라 사람들은 서로 배반하지 않겠노라고 맹세했다. 하지만 그 뒤 배반하는 자가 더 많아졌다고 한다. 이를 본 주나라 사람들은 동맹을 맺어 서로 믿기로 했다. 그런데 주나라 역시도 오히려 의심하는 자가 더 많아졌다. 참된 성실함이 없으면 맹세나 동맹은 아무 소용이 없다. 영웅들이 패권을 위해 서로 다투는 시대에 배반이 없기를 바라는 것은 소용없는 짓임을 주유는 새삼 깨달았다.

주유가 충격에서 헤어나 어떻게 하면 남군성을 되찾을까 고민하는 사이 노숙이 찾아왔다.

"도독, 소식을 듣고 달려왔습니다."

"잘 오셨소. 당장 군사를 일으켜 죽을 각오로 싸워 남군성을 탈환할 예정이오. 나를 도와주시오."

그런데 노숙은 의외의 반응을 보였다.

"도독, 안 됩니다. 그것은 현명한 판단이 아닙니다. 동오는 지금 조조와 맞서고 있는데 아직 승부가 나지 않았습니다. 주공께서는 합비를 공격했지만 얻지 못하셨습니다. 이런 상황에서 유비와 싸운다면 조조가 다시 쳐들어올 것이 분명합니다."

"어찌 그리 말한단 말이오? 좀 희망이 있는 말을 해보시오."

"아닙니다. 조조가 쳐들어오면 형세가 위태롭습니다. 유비는 믿을 수 없는 자입니다. 과거에 조조와도 친하게 지내며 서로 영웅이라 칭하지 않았습니까? 사태가 불리해지면 조조에게 땅을 바치고 동오를 나눠 먹자고 들 것입니다. 그리되면 어찌하실 작정입니까?"

노숙의 얘기가 틀린 말은 아니었다. 하지만 받아들이기엔 주유의 분노가 차고도 넘쳤다.

"우리가 계책을 세우고 군사를 동원하여 병마를 잃어 가며 싸운 일이 남 좋은 일만 되지 않았소? 이 어찌 분하지 않단 말이오?"

"도독께서 참으셔야 합니다. 이럴 때는 오히려 제가 유현덕을 찾아가 좋은 말로 따지겠습니다. 따져 보고 말이 통하면 다행이고, 안 통하면 그때 군사를 움직여도 늦지 않습니다."

다른 장수들도 주유의 화가 가라앉기를 바라며 거들었다.

"도독, 노숙의 말이 맞습니다."

마침내 노숙은 종자들을 데리고 남군성을 향해 달려갔다.

성문 앞에서 노숙이 크게 외쳤다.

"문을 여시오. 나는 동오에서 온 노숙이오!"

조자룡이 성루에 나와 말했다.

"자경 선생이 무슨 일로 오셨소이까?"

"유 황숙께 드릴 말씀이 있소이다."

"주공께선 지금 이곳에 안 계시오."

"그럼 어디에 계시오?"

"형주에 계십니다."

노숙은 형주로 말머리를 돌렸다. 형주성에 도착해 살펴보니 깃발이 줄지어 늘어서 있고 군대가 정돈되어 있었다. 과거에 오합지졸이던 유비의 군사가 아니었다. 짧은 시간에 군사들을 모집하고 강하게 조련한 제갈공명의 비상한 재주를 엿볼 수 있었다.

노숙이 동오에서 왔음을 알리자 제갈공명이 성문을 열고 나와 반갑게 맞았다. 그들은 안으로 들어가 앉아 예를 올리고 차를 마셨다. 노숙이 급한 마음에 바로 본론을 꺼냈다.

"저는 저희 주공과 도독의 심부름으로 이곳에 왔습니다. 그분들께서 유 황숙께 긴히 말씀을 전해 달라 하셨습니다."

"말씀하시지요."

"지난날 조조가 백만 대군을 이끌고 이곳으로 온 것은 겉으로는 강동을 취하려 한다고 말했지만 사실 유 황숙을 제거하기 위함이었소. 다행히 동오가 조조 군사를 물리쳐 유 황숙을 구해 드렸습니다. 그러니 형주의 아홉 군은 마땅히 동오의 것이라 생각합니다."

"그래서요?"

"황숙께서는 계략을 꾸며 형주와 양양을 힘 안 들이고 손에 틀어쥐셨습니다. 그런데 우리 강동은 어떻습니까? 수많은 군마와 전량을 소모하고도 빈손입니다. 이치에 어긋나는 일 아니겠습니까?"

노숙의 말을 들은 제갈공명이 진지한 얼굴로 맞받아쳤다.

"그대는 고명한 선비 아니오? 어찌 말씀을 그리하시는 겁니까? 예로부터 물건은 반드시 주인에게 돌아간다 했습니다. 일은 반드시 바르게 되는 법이지요. 그런 면에서 볼 때 형주와 양양의 아홉 개 군은 동오 땅이 아닙니다."

"무슨 말씀이십니까? 전쟁에서 이겨 동오 땅이 되었지요."

"아니오. 말을 바로 하자면 형주는 유표가 기업을 이룬 곳입니다. 우리 주공 유 황숙께서는 유표의 동생이며, 그가 돌아가셨다 하지만 지금 버젓이 아들인 유기 공자가 살아 있소이다. 아들에게는 숙부뻘인데 조카를 도와 형주를 되찾은 것이 그리 큰 잘못입니까?"

"그렇다면 유기가 형주를 차지했습니까? 유 공자는 강하에 머물러 있지 않습니까?"

"왜 강하에 있다고 생각하십니까? 지금 당장 만나 보시지요."

제갈공명이 시종에게 일렀다.

"유 공자를 모셔 오너라."

그러자 시종 둘이 급격히 쇠약해진 유기를 부축해 데려왔다.

유기가 노숙에게 정중히 말했다.

"제가 병이 들었습니다. 제대로 예를 못 차림을 용서하십시오."

깜짝 놀란 노숙이 벌떡 일어났다가 진정하고 자리에 앉았다.

유기가 물러나자 노숙이 물었다.

"공자가 안 계시면 어쩔 것이오?"

"공자께서 하루를 계시면 우리는 하루를 지킬 것이오, 열흘을 계시면 열흘을 지켜 드릴 뿐이오. 만일 안 계신다면 그때 다시 얘기해도 될 것이오."

노숙은 못을 박듯 말했다.

"공자가 안 계신다면 이 땅을 우리에게 돌려주는 것이 합당하오."

"그 말씀은 맞소이다. 그러니 마음을 푸시오."

제갈공명은 잔치를 베풀고 노숙을 후하게 대접했다.

노숙은 하직 인사를 하고 돌아갔다.

노숙의 보고를 들은 주유는 마땅치 않은 표정이었다.

"유기가 죽은 다음에나 우리에게 그 땅을 차지하라는 건데, 유기는 아직도 젊은 청년 아니오? 어느 세월에 형주를 돌려받겠소?"

"아닙니다. 도독, 염려치 마십시오. 형주와 양양의 아홉 군은 무슨 수를 써서든 제가 되찾겠습니다."

"그대가 무슨 수를 쓴단 말이오?"

"제가 사람의 병색을 볼 줄 압니다. 그런데 유기 공자의 안색이 아주 좋지 않았습니다. 얼굴빛은 창백했고 숨도 제대로 못 쉬었습니다. 피까지 토한다고 하니 얼마 못 갈 겁니다. 그때 형주를 차지해도 늦지 않을 것입니다."

주유가 화를 삭이며 이러지도 저러지도 못할 때 손권에게서 사자가 도착했다.

"도독, 주공께서 합비를 포위해 여러 날째 공격했는데도 승리를 거두지 못하고 계십니다. 이왕 일이 이렇게 됐으니 대군을 합비로 돌려 도우라는 명을 내리셨습니다."

"알았다. 군사를 보내겠다."

주유는 정보에게 군사를 주어 손권을 도우라고 명했다. 자신은 요양을 위해 시상으로 돌아갔다.

3
유비의 세력 확장

　마침내 유비는 전국을 떠돌던 신세를 면할 기회를 잡았다. 힘 안 들이고 형주와 남군, 양양을 얻었기 때문이다. 유비는 기뻐서 하늘을 날 듯했다. 부하 장수들을 모아 놓고 잔치를 벌일 때 용맹한 한 사람이 앞으로 나섰다.

　"주공께 드릴 말씀이 있습니다."

　바로 이적이었다. 그는 과거에 유비를 두 번이나 구해 준 적이 있어서 유비는 항상 그에게 고마워했다.

　"말씀은 천천히 하시고 자리에 앉아 한잔 하시지요."

유비가 이적에게 술을 권했다.

"주공께서는 당장 얻은 땅만 기뻐하실 뿐 어찌하여 앞으로 어진 선비를 얻어 세력을 확장할 생각은 안 하시는 것입니까?"

그 말은 어서 힘을 키우라는 뜻이었다. 누군가 소개할 사람이 있다는 뜻이기도 했다.

"내가 부족했습니다. 어진 선비를 당연히 모셔야지요. 누굴 모시면 좋겠소이까?"

"형주와 양양에는 마씨 형제들이 있습니다. 오 형제인데 모두 다 재주가 뛰어나지요. 막내의 이름은 마속입니다. 가장 현명한 자는 이마에 흰 털이 나 있습니다. 이름은 마량†이고요. 사람들 사이에서는 이마에 흰 털 난 사람이 가장 뛰어나다고 칭찬이 자자합니다. 이런 지혜로운 자들을 불러 가르침을 얻는 것이 주공께 도움이 될 것입니다."

"당장 시행하겠소이다. 여봐라! 마씨 형제분을 모셔 오도록 하라!"

심부름꾼이 달려간 뒤 얼마 지나지 않아 마량이 도착했다. 유비가 버선발로 내려와 예의로 그를 맞이했다.

"마공께 인사 올립니다."

마량은 재주가 뛰어난 덕에 유비의 신임을 받아 높은 벼슬을 지냈어. 그는 어려운 일도 쉽게 처리하는 능력을 보였어. 요즘으로 치면 뛰어난 행정 능력을 가진 지혜로운 자라 할 수 있지. 마량 형제는 모두 오 형제였는데, 다들 학문이 뛰어났지. 그중에서도 눈썹이 흰 마량이 가장 뛰어났다고 해. 이 때문에 '백미' 하면 가장 뛰어난 사람이라는 뜻으로 통하게 되었어.

"미천한 자를 불러 주셔서 감사합니다."

"이 유비가 형주와 양양을 오래도록 지키고 싶습니다. 계책이 없겠습니까?"

소문대로 이마의 눈썹 사이에 흰 털이 난 마량은 수염을 쓰다듬으며 대답했다.

"허허, 유 황숙께서 보셔서 아시겠지만 이곳 형주와 양양은 위아래로 사방에서 적의 공격을 받을 수 있는 위치에 있습니다. 지켜 낸다는 것이 결코 쉽지 않습니다. 게다가 민심이 떠나서도 안 됩니다."

"그러니 어찌하면 좋겠습니까?"

"공자 유기를 부르십시오. 그는 이곳의 적자입니다. 유기가 자신의 옛 수하들을 불러 이곳을 지키게 한다면 민심이 안정될 것입니다. 그리고 황제께 말씀드려 유기를 형주 자사로 삼게 하십시오."

"그렇게만 하면 되겠소이까?"

"그런 뒤 세력을 넓히셔야 합니다. 남쪽에 있는 네 개 성을 얻으시는 게 좋겠습니다."

마량이 말한 네 성은 무릉, 장사, 계양, 영릉이었다.

"그 네 고을을 얻으면 형주와 양양을 오래도록 보존할 수 있습니다."

이는 마치 중요한 물건을 보호하기 위해 포장을 두껍게 하는 것이나 마찬가지였다. 유비가 크게 기뻐했다.

"참으로 지혜로운 말씀이시오. 내 그대로 따르겠소이다."

유비는 마량을 종사로 삼고, 그를 추천한 이적을 부종사로 삼아 제갈 공명과 의논하게 했다. 또 유기를 양양에 머물게 하고 관우를 형주로 불러들였다.

"군사를 정비하여 네 개 고을을 쳐야겠다."

유비는 형주를 관우에게 맡긴 뒤 군사를 일으켰다. 선봉은 장비, 조자룡이 후군이었다. 유비가 일만 오천 명의 군사를 이끌고 가장 먼저 영릉으로 향했다.

"유비가 쳐들어온다 하옵니다."

영릉 태수 유도는 마른하늘에 날벼락 같은 보고를 받고 아들 유현을 불러 상의했다. 아직 세상을 알지 못하는 혈기 왕성한 유현은 큰소리부터 쳤다.

"아버님, 아무 걱정 마십시오! 저자들이 비록 강호에서 이름을 드날렸다 하나 우리에게는 형도영† 장군이 있지 않습니까? 형 장군은 홀로 군사 만 명과 싸워도 눈썹 하나 까딱하지 않습니다. 그자들을 꼭 막아 낼 것입니다."

"오, 그렇게만 된다면 오죽 좋겠느냐. 네게 군사 만 명을 줄 테니 유비를 막도록 하여라."

유현은 지금이야말로 공을 세울 기회라 생각하고 군사를 이끌고 진을 쳤다. 얼마 뒤 그의 앞에 한 무리의 군사가 나타났다. 제갈공명이 직접 지휘하는 군사들이었다. 양군이 서로

형도영은 유도의 부하 장수로 큰 도끼를 잘 써서 이름을 높였어. 자신의 용맹만 믿고 유비에 맞서다 견디지 못하고 항복하지. 유현을 항복시킬 임무를 받았으나 다시 항거하다 조자룡의 창에 찔려 죽고 말아.

마주하자 형도영이 큰 도끼를 들고 말을 몰아 앞으로 달려 나갔다.

"역적 놈들아, 모두 나와라! 감히 남의 땅을 넘본 대가로 너희의 목을 날려 주마!"

윤건을 쓰고 학창의를 입은 제갈공명이 사륜거를 타고 나왔다. 손에는 공작의 깃털로 만든 부채를 들고 있었다. 제갈공명이 깃털 부채로 형도영을 가리키며 꾸짖었다.

"네 이놈! 나는 남양에서 온 제갈공명이다. 내 이름을 못 들어 봤느냐? 조조가 내게 걸려들어 갑옷도 못 입고 도망쳤다. 그런데 감히 너희들이 나와 맞서겠다는 것이냐? 기회를 줄 테니 어서 항복하라."

"으하하하, 적벽대전은 주유가 지휘한 싸움 아니더냐? 제갈량 네가 뭘 했다고 여기 와서 큰소리냐?"

형도영은 제갈공명의 자존심을 긁는 욕설을 퍼붓고 도끼를 휘두르며 달려들었다. 바람을 일으키며 휘몰아쳤지만 제갈공명은 수레를 돌려 진지로 돌아갔다. 형도영이 진을 쳐부술 기세로 달려들자 갑자기 진문이 열리고 군사들이 좌우로 갈라지는데 중앙에 황기를 든 무리가 빠르게 후퇴하는 모습이 보였다. 형도영은 그 속에 제갈공명이 있다고 판단하고 군사를 다그쳐 쫓았다. 그때 황기를 든 군대가 다시 양쪽으로 갈라지며 형도영의 군사들을 포위했다.

"이깟 포위를 두려워할 내가 아니다. 제갈량, 거기 서라!"

포위망에 갇혀 정신없이 제갈공명을 추적하던 형도영은 앞쪽에 떡 버티고 선 장수를 만났다. 장팔사모를 든 장비였다.

"네 이놈, 내가 누군지 아느냐?"

장비가 바람을 가르며 장팔사모를 휘둘렀다. 형도영이 도끼를 들어 막았지만 그 힘은 고스란히 형도영의 팔에 전해졌다. 장비의 어마어마한 위력을 느낀 형도영은 재빨리 말머리를 돌렸다.

"안 되겠다. 후퇴하라!"

형도영이 군사들과 함께 도망치는데 다시 한 떼의 군마가 앞을 가로막았다. 맨 앞에 선 범 같은 장수가 호령했다.

"이놈아, 상산의 조자룡이라고 들어 본 적이 있느냐?"

뒤에서 장비가 쫓아오고 앞에서 조자룡이 막으니 형도영은 싸울 기력을 잃고 말에서 내려 엎드렸다.

"살려 주십시오!"

조자룡은 형도영을 사로잡아 진지로 돌아왔다. 기다리고 있던 유비가 조자룡을 꾸짖었다.

"아니, 저런 놈을 뭐 하러 끌고 왔느냐? 그 자리에서 죽여 버렸어야지. 당장 목을 베라!"

유비가 짐짓 목소리를 높이자 옆에 있던 제갈공명이 말렸다.

"주공, 저자도 쓸모가 있을지 모릅니다."

"무슨 쓸모가 있단 말이오? 저런 피라미가 장수랍시고 갑옷을 입고 나서서 우리 군사들과 싸웠다니, 세상에 이보다 부끄럽고 창피한 일이 또 있겠소?"

"아닙니다. 제가 잘 설득해 보겠습니다. 형 장군은 들어라! 목숨을 살려 주면 유현을 잡아 올 수 있겠느냐? 그렇다면 너의 항복을 순순히 받아 주겠다."

곧 목이 날아갈까 두려웠던 형도영은 실낱같은 희망을 보았다.

"무슨 짓을 해서라도 유현을 잡아 오겠습니다. 오늘 밤에 돌아가서 수를 내 보겠습니다."

"무슨 계책이 있다는 말이냐?"

"오늘 군사께서 우리 진지를 공격하시면 제가 안에서 군사를 일으켜 유현을 사로잡겠습니다. 유현만 사로잡으면 아비 유도는 스스로 항복할 것이 분명합니다."

"그 말을 어찌 믿는단 말인가?"

듣고 있던 유비가 의심하자 제갈공명이 무한히 신뢰한다는 듯한 얼굴로 대답했다.

"형 장군은 거짓말을 할 줄 모르는 사람입니다."

제갈공명이 싸고돌자 형도영은 앞뒤 가리지 않고 애걸복걸했다.

"맞습니다. 저는 한번 내뱉은 말을 뒤집은 적이 없는 사람입니다. 믿어 주십시오."

"좋소. 그럼 군사께서 믿어 보라 하니 내 믿어 보겠소."

그렇게 해서 형도영이 풀려났다. 형도영은 사실 변변한 무술이나 용력이 없는 자로 어쩌다 태수의 눈에 들어 높은 자리까지 올라간 장수였다. 그를 이용하려고 유비와 제갈공명이 미리 짜고 연기를 했다.

그런 줄은 꿈에도 모르고 영채로 돌아간 형도영은 먼저 유현에게 상황을 보고한 뒤 일을 꾸몄다. 자기가 무능해 사로잡혔다는 사실은 쏙 빼고 일부러 항복하여 적의 동태를 알아 왔다면서 전후 사정을 거짓으로 늘어놓았다.

"이 밤에 적이 쳐들어올 것입니다."

"그러니 어찌하면 좋겠나?"

"저들이 계책을 꾸몄으니 우리도 계책으로 맞서면 됩니다. 군사들을 영채 밖에 숨겨 놓고 제갈공명이 영채 안으로 들어왔을 때 포위해 사로잡으면 됩니다."

유현이 무릎을 쳤다.

"그거 좋은 계책이다. 그대로 시행하자."

그날 밤 이경이 되었을 무렵 유비의 군사 한 무리가 몰려와 영채 입구에 불을 놓았다. 불길과 연기가 치솟은 것은 곧 공격이 시작된다는 뜻이었다.

기다리던 유현이 큰 소리로 외쳤다.

"저놈들을 붙잡아라!"

유현이 말을 달려 유비의 군사들을 뒤쫓았다. 하지만 불을 놓던 군사들은 그럴 줄 알았다는 듯 순식간에 도망쳤다.

"저놈들을 놓치지 마라!"

십여 리를 쫓아가며 정신없이 말을 달리는데 어느 순간 적군이 사라지고 보이지 않았다.

"아차, 우리가 계책에 빠진 것 같습니다."

형도영이 군사를 돌이켜 영채로 돌아왔다. 그런데 아니나 다를까, 영채가 불타는 모습이 보였다. 그때 영채 쪽에서 호랑이 같은 장수가 나타났다. 바로 장비였다.

"앗, 저자는 유비의 장수 장비입니다. 자리를 비운 사이에 영채가 공격을 받았습니다."

형도영의 말에 유현이 새로운 제안을 했다.

"차라리 이참에 제갈공명의 영채를 쳐서 승기를 잡자."

"그거 좋은 생각입니다."

유현과 형도영은 말머리를 돌려 제갈공명의 본진으로 쳐들어왔다. 그러나 그만한 변수를 생각 못 할 제갈공명이 아니었다. 미리 매복해 둔 조자룡의 군사들이 옆길에서 튀어나왔다.

"배신자 형도영은 내 창을 받아라!"

형도영은 애초에 조자룡의 상대가 아니었다. 형도영은 비명을 지를 새도 없이 조자룡의 창에 찔려 말에서 떨어져 죽었다. 철석같이 믿었던 형도영이 순식간에 죽자 놀란 것은 유현이었다. 혼비백산하여 어디로 갈지 몰라 갈팡질팡할 때 장비가 그의 목덜미를 낚아챘다.

유현은 유비와 제갈공명 앞에 꿇어 엎드렸다.

"네 이놈, 순순히 항복했으면 좋았을 것을 어찌하여 사람들의 목숨을 해치며 이 지경을 만들었단 말이냐?"

"황숙, 살려 주십시오! 형도영이 잔꾀를 부려 저는 따랐을 뿐입니다. 저의 본심은 그게 아닙니다."

유현은 살기 위해 눈물 콧물을 뺐다.

"저놈의 포승줄을 풀어 주어라!"

유현의 옷을 갈아입히고 술상을 내오자 유비가 말했다.

"나 역시 쓸데없이 군사들을 상하게 하고 싶지 않다. 모두 다 놓아줄 터이니 성으로 돌아가 그대의 아비를 설득하라. 항복하지 않고 싸운다면 죽음만 있을 뿐이고, 그대의 일가족은 몰살당할 줄 알아라."

유현은 자신을 예우해 준 유비에게 감동했다.

"꼭 전하여 항복하도록 하겠습니다."

영릉으로 돌아간 유현은 아버지 유도를 만나 권했다.

"아버님, 우리는 저들을 도저히 이길 수 없습니다. 장수들은 호랑이처럼 용맹하고 군사들은 날쌔고 기세가 등등하여 도무지 우리가 대적할 상대가 아니었습니다. 항복하는 것이 백 번 낫습니다."

"진정 그 길밖에 없단 말이냐?"

"그렇습니다. 다행히 유비 현덕과 제갈공명은 덕이 높은 분들입니다. 입으로 뱉은 말은 꼭 지킬 것입니다."

유도는 마침내 항복을 결정했다.

성 위에 백기가 올라가는 것을 보고 유비와 제갈공명이 성안으로 들어갔다. 유도가 인수를 들고 나와 항복 의사를 밝혔다. 제갈공명은 유도를 그대로 영릉 태수로 삼기로 했다.

"그대는 영릉 태수로서 하던 직무를 계속하도록 하시오."

"감사합니다!"

"유현은 형주로 데려가 알맞은 직책을 맡길 것이오."

유현은 이를테면 인질인 셈이었다. 그래야 유도가 딴생각을 하지 않을 것이었다.

유비가 영릉을 접수하자 성안의 백성들이 기뻐했다.

"우리가 유 황숙의 백성이 되었다고?"

"조조에게 쫓길 때도 백성들을 끝까지 보듬고 가다 죽을 뻔했다는 분이잖은가."

"이런 좋은 날이 우리에게도 오는구먼."

유비는 잔치를 베풀어 백성들을 위로했다.

이로써 유비는 네 성 가운데 첫 성인 영릉을 손에 넣었다. 군사들에게 상을 내리고 난 유비가 장수들을 불러 물었다.

"자, 두 번째 성은 계양이다. 누가 칠 것인가?"

사실 영릉은 제갈공명이 직접 나서서 해결한 셈이었다. 제갈공명은 유비와 함께 미리 작전을 짜 두었다. 부하 장수들에게 골고루 공을 세우도록 해야 한다고. 고르게 공을 세워야 경쟁하면서 충성을 바칠 것이기 때문이다.

먼저 조자룡이 나섰다.

"제가 가서 공을 세우겠습니다."

용맹함에서 둘째가라면 서러워할 장비가 벌떡 일어났다.

"동생은 앉아 계시오! 내가 가겠소."

"아닙니다. 형님은 쉬십시오. 이번엔 제가 공을 세우고 싶습니다."

둘이 다투자 제갈공명이 중재했다.

"자자, 두 분이 다투는 모습은 참으로 보기 좋소. 하지만 조 장군이 먼저 나섰으니 먼저 보냅시다."

"먼저 나선다고 출정합니까? 성공을 거두려면 용맹한 자가 나서야 할 것 아니오?"

장비가 고집을 피웠다. 장비 고집을 누가 말리겠는가?

"그러면 제비를 뽑도록 하겠소. 종이에 '불(不)'이라고 쓰여 있는 쪽지를 뽑은 사람이 탈락이오. 장 장군부터 뽑으시오"

장비가 쪽지 두 개 중 하나를 뽑아 펼쳤다. 종이에 '불' 자가 쓰여 있었다.

"에잇, 이따위 제비가 무슨 소용이오? 군사 삼천만 주시오. 당장 계양성을 부숴 버리겠소!"

조자룡도 가만있지 않았다.

"제가 제비뽑기에도 이겼으니 그럼 저에게도 똑같이 군사 삼천을 주십시오. 계양성을 함락하지 못하면 군령을 받겠습니다."

군령을 받겠다는 것은 목숨을 걸겠다는 뜻이었다.

"좋다. 조 장군은 군령을 받아라!"

조자룡은 제갈공명에게 군령장을 받은 다음 삼천 명의 군사를 이끌고 길을 떠났다.

"내가 간다는데 왜 그러십니까?"

장비가 연신 투덜거리자 유비가 꾸짖었다.

"장비야, 너는 군사의 명령이 곧 내 명령이라는 말을 또 잊었느냐? 어찌하여 세월이 지나도 여전히 그 모양인가, 쯧쯧쯧!"

장비는 비로소 고개를 숙였다.

조자룡은 본격적으로 자신의 능력을 발휘하는 첫 전투라 삼천 명의 군사를 이끌고 계양으로 가며 기세를 올렸다. 계양 태수 조범은 소식을 듣고 황급히 대책을 논의했다. 그가 거느리고 있는 관군교위 진응과 포룡이 조자룡과 맞서 싸우겠노라 나섰다. 진응은 쇠사슬에 쇠뭉치를 매단 비차를 던지는 것이 특기였고, 포룡은 화살 하나로 두 호랑이를 잡은 명궁이었다.

"저의 비차와 포륭의 활이라면 조자룡 따위는 가볍게 제압할 수 있습니다. 우리가 반드시 무찌르겠습니다."

진응과 포륭이 큰소리쳤지만 조범은 사실 두려웠다.

"듣자하니 유비는 한나라 황숙이고, 제갈공명의 지모는 이 세상에 따를 자가 없다 했다. 어디 그뿐인가? 관우와 장비 같은 맹장이 그를 지키고 있는데 그중에서도 조자룡이 최고 아니더냐?"

"어찌하여 조자룡이 최고라 하십니까?"

"당양 장판교 싸움에서 아두를 품에 안고 백만 대군 사이를 무인지경으로 내달렸다는 소문이 파다하다. 우리에게 힘이 있다 한들 어찌 저들을 이기겠는가? 항복하는 게 좋겠다."

태수 조범은 현실론을 내세웠으나 공을 세우고 싶은 진응은 고집을 피웠다.

"질 때 지더라도 나가서 한번 싸워 보겠습니다. 제가 조자룡을 사로잡지 못하면 그때 항복해도 늦지 않을 것입니다."

"좋다, 나가서 싸우되 사세 판단을 잘하도록 해라."

마침내 진응이 삼천 군마를 이끌고 성 밖으로 나왔다. 특기인 비차를 휘두르며 앞으로 나서서 조자룡을 맞이했다. 조자룡은 창을 잡고 말 위에서 큰 소리로 꾸짖었다.

"네 이놈! 우리 주공인 유 황숙께서는 유경승의 아우로서 공자 유기를 도와 형주를 다스리고 계신다. 나를 보내 백성을 안심시키고 위무하라 하셨는데 어찌 너 따위 조무래기가 막아서는 게냐?"

진응 역시 빳빳하게 고개를 쳐들고 외쳤다.

"우리는 조 승상을 따르고 있다. 어디 유비 따위 촌놈이 감히 복종을 강요하느냐? 여기까지 왔으니 내 비차 맛이나 봐라!"

조자룡은 말로 안 되겠다는 듯 창을 휘두르며 진응을 향해 달려갔다. 진응의 비차가 허공에서 휘돌고 조자룡의 창이 그 사이를 비집고 날아들었다. 둘이 서너 차례 겨루는가 싶더니 진응이 상대가 되지 않는다는 걸 깨닫고 말을 돌려 달아났다.

"게 서라!"

조자룡의 말이 바짝 뒤쫓아 오자 진응은 기다렸다는 듯 뒤돌아 번개같이 비차를 날렸다. 조자룡은 창으로 막은 뒤 다른 손으로 비차와 연결된 줄을 잡아당겼다. 예상치 못한 반격에 진응이 당황하자 조자룡이 그의 목덜미를 잡아 땅바닥에 내동댕이쳤다.

조자룡은 진응을 사로잡아 영채로 끌고 왔다.

"너 같은 피라미가 나와 상대를 하겠다니 웃음밖에 안 나오는구나. 당장 죽여도 시원치 않겠지만 기회를 주마. 네 주인인 조범에게 가서 항복하라 전해라. 그러면 목숨만은 살려 줄 것이다."

진응이 고개를 떨군 채 계양성으로 돌아갔다.

"주공, 조자룡은 듣던 대로 놀라운 장수였습니다. 저는 상대가 되지 않았습니다."

얼굴빛이 굳어진 조범이 야단쳤다.

"그러기에 내가 애초에 항복하자 하지 않았더냐? 나가 싸운다고 하더니 이게 무슨 꼴이냐? 오히려 조 장군 마음만 상하지 않았더냐? 내 당장 항복하겠다."

조범은 인수를 들고 조자룡의 진지를 찾아갔다. 조자룡이 영채 밖으로 나와 그를 맞이하고 예를 갖추어 인사를 나누었다.

"태수께서 참으로 옳은 결정을 하셨소이다."

"조 장군, 계양 백성들을 너그러이 받아 주소서!"

곧 연회를 베풀어 주흥이 도도해지자 두 사람은 허물없는 친구처럼 변했다. 술이 돌고 분위기가 무르익자 조범이 말했다.

"조 장군, 이렇게 만나 뵈어 영광이오. 우리 둘은 같은 조씨 아니겠소? 오백 년 전이라면 분명히 한집안 형제였을 것이오. 게다가 우리는 고향도 같지 않소이까. 장군이 나를 버리지 않는다면 우리가 형제의 예를 맺는 것이 어떻겠습니까?"

조자룡이 흔쾌히 수락했다.

"좋습니다. 그럼 올해 춘추가 어떻게 되시오?"

둘이 나이를 따져 보니 동갑인데 조자룡이 넉 달 먼저 태어났다.

"저보다 위시군요. 형님으로 모시겠습니다!"

동향에 동성, 나이도 비슷하다 보니 둘은 뜻이 잘 맞아 밤이 깊도록 이야기가 끊이지 않았다.

성으로 돌아온 다음 날 조범은 정식으로 조자룡을 초청했다. 계양성에 들어와 백성을 안심시켜 달라는 것이었다. 조자룡은 호위 군사 약간만 이끌고 계양성으로 들어갔다.

"계양성의 백성들은 두려워하지 마라! 유 황숙께서 너희들을 너그러이 통치할 것이니 걱정 말고 생업에 종사하면 된다."

"만세! 만세!"

마음을 졸이던 백성들은 만세를 외치며 반겼다.

백성에 대한 위무가 끝나자 조범이 잔치를 베풀었다.

"장군, 새롭게 술을 드십시다."

조범은 조자룡을 후당으로 안내했다. 조자룡이 기분 좋게 취했을 때 소복을 입은 절세의 미인이 방에 들어왔다.

조자룡이 의아해 물었다.

"이 부인은 뉘시오?"

"제 형수님으로 번씨입니다."

조자룡은 몸가짐을 바로 했다. 따라 주는 술을 받으며 예를 갖추자 조범이 부인에게 조자룡의 옆자리를 권했다.

"형수님, 이쪽으로 앉으시지요."

"아니오. 형수님을 들어가라 하시오. 어찌 남자들이 있는 자리에 형수님을 모신단 말이오?"

"아닙니다. 장군님을 존경하는 마음에서……."

"내가 불편하오. 어서 안으로 모시도록 하시오."

조자룡이 극구 사양하자 결국 번씨 부인은 안으로 들어갔다.

조자룡이 물었다.

"동생은 왜 형수를 나에게 선보이며 술을 따르게 했는가?"

"저의 친형께서 세상을 떠난 지 벌써 삼 년이 지났습니다. 형수님이 젊으셔서서 저는 진작 개가를 하시라 했거늘, 형수님께서는 세 가지 조건을 갖춘 사람이 아니면 절대로 그럴 수 없다는 것 아니겠습니까?"

"세 가지 조건이라니?"

"첫째, 문무를 겸비해 세상 사람들에게 알려진 사람이어야 한답니다. 둘째, 인물과 풍채가 당당하고 뛰어난 영웅이어야 한답니다. 그리고 셋째, 형님과 같은 조씨라야 한다는 것 아니겠습니까. 이렇게 세 가지 조건을 다 갖춘 사람이 세상에 어디 있겠습니까? 그런데 지금 뵈오니 형님께서 딱 그 조건에 맞았습니다. 우리 형수님이 마음에 드신다면 제가 혼인을 주선토록 하겠습니다. 진짜 형님과 형수님으로 모실 수 있게 해 주십시오."

조자룡이 벌떡 일어나 외쳤다.

"네 이놈, 내가 너와 형제의 의를 맺었는데 네 형수라면 나에게도 형수님이 아니더냐? 어찌하여 인륜을 어지럽히느냐?"

조자룡의 말도 맞는 말이긴 했다. 하지만 조범은 퉁명스럽게 쏘아붙였다.

"나는 호의로 말씀드렸는데 어찌 이리 무례하오?"

조범이 좌우를 둘러보며 눈에 노기까지 풍기자 조자룡은 조범이 자신을 해치려 한다고 생각했다.

"천하의 불륜을 저지르는 놈 같으니라고!"

조자룡은 단숨에 주먹을 휘둘러 조범을 쓰러뜨린 뒤 말을 타고 집을 나와 버렸다.

조범은 화가 치미는 듯 성을 내며 진응과 포륭을 불렀다.

"조자룡이 저렇듯 화를 내며 가 버렸으니, 잘못하면 화가 우리에게 미칠 것이다."

그러자 진응이 계책을 냈다.

"우리가 먼저 급습해야 합니다."

"그대가 조자룡과 싸워 이길 수 있겠는가?"

"먼저 포룡과 제가 조자룡에게 가서 항복하겠습니다. 저희가 그곳에 머물고 있을 테니 태수님이 직접 군사를 끌고 와서 싸움을 거시면 저희들이 안에서 뒤를 치겠습니다. 그렇게 하면 조자룡을 사로잡을 수 있습니다."

그리하여 진응과 포룡이 군사 오백 명을 끌고 조자룡을 찾아갔다.

"조 장군에게 투항하겠소. 졸장부 조범 밑에 있을 수가 없소이다. 거두어 주시오."

조자룡은 이자들이 거짓으로 왔다는 것을 알고 있었다. 하지만 뻔히 알면서도 그들을 끌어들였다.

"왜 조 장군이 나를 화나게 했던 것이냐?"

"장군, 조범은 꾀를 냈던 것입니다. 미인계로 장군이 대취하면 후당으로 끌고 가 목을 베려 한 것입니다. 그 꼴을 보고 저희가 참을 수 없어 투항하게 된 것입니다."

"그대들이야말로 진정 용맹하고 의리를 아는 자들이다. 그대들이 나에게 왔으니 정말 기쁘구나. 어서 안으로 들라!"

조자룡은 두 사람을 안으로 끌어들여 코가 비뚤어지도록 술을 먹였다. 진응과 포룡이 술에 취해 몸을 못 가누자 꽁꽁 묶은 뒤 그들이 데려온 부장들을 심문했다.

"진응과 포룡이 진정으로 항복한 것이란 말이냐?"

"아닙니다. 거짓 투항입니다."

부장들이 조자룡의 인격을 흠모하여 사실을 털어놓자, 조자룡은 오백 명의 군사들을 끌어들여 술과 밥을 배불리 먹였다.

"그대들도 나를 죽이러 온 것인가?"

"아닙니다. 저희들은 조 장군을 해칠 마음이 없습니다."

"그렇다면 나를 죽이려 한 자는 진응과 포륭뿐이구나."

"맞습니다!"

"다른 사람들은 상관없는 것으로 알고 내가 시키는 대로 하여라. 그러면 너희들에게 큰 상을 내리겠다."

오백 명의 군사들은 감복하여 진심으로 투항했다. 진응과 포륭의 목을 벤 조자룡은 조범의 군사들을 이끌고 자신의 군사 천 명을 더하여 즉시 계양성으로 떠났다.

계양성 아래에 이르러 변장한 조자룡이 큰 소리로 외쳤다.

"우리는 진 장군과 포 장군의 군사들이다. 문을 열어라! 조자룡의 목을 가져왔다."

성에서 떠났던 군사들이 돌아오자 곧 성문이 열렸다. 조범이 달려와 기쁜 마음으로 맞이하자 놀랍게도 숨어 있던 조자룡이 모습을 드러내며 소리쳤다.

"나는 조자룡이다. 이놈을 잡아라!"

조범은 대비도 않고 있다가 그대로 사로잡혔다. 계양성은 조자룡의 꾀에 의해 완전히 함락되었다.

소식을 들은 유비와 제갈공명이 직접 찾아왔다. 조범이 무릎 꿇자 제갈공명이 물었다.

"그대는 항복까지 했는데 어찌하여 조자룡 장군의 노여움을 샀는가?"

조범은 노여움을 사게 된 억울한 사연을 털어놓았다. 형수를 진정으로 조자룡의 배필로 맺어 주고 싶었지만 조자룡이 받아들이지 않아 일이 벌어졌다는 것이다.

제갈공명이 조자룡을 불러 물었다.

"이는 아름다운 일이고, 외로운 여인이 그대의 아내가 되는 것도 나쁜 일이 아닌데 왜 일을 이렇게 복잡하게 만들었는가?"

조자룡이 기개를 높이며 대답했다.

"조범은 저와 형제의 의를 맺었습니다. 그런 제가 그의 형수를 취한다면 사람들이 손가락질했을 것입니다. 저는 그게 싫었습니다. 번씨 부인 또한 개가를 한다면 절개를 잃는 것이 아니겠습니까? 조범이 저와 형제의 의를 맺자마자 그런 이야기를 꺼낸 것 자체가 그의 본심을 알 수 없다는 생각을 들게 했습니다. 게다가 주공께서도 지금 이쪽을 평정하신 지 얼마 되지 않아 잠자리가 편치 않고 외로우신데, 어찌 제가 여인을 끼고 편안하게 잠을 잔단 말입니까?"

"잘 알았다."

유비가 말했다.

"이제 모든 것이 끝났고, 성이 우리 손에 들어왔다. 내가 허락할 테니 번씨 부인에게 장가를 들어라!"

하지만 조자룡은 거절했다.

"아닙니다. 여자는 천하에 많습니다. 저는 명예를 손상시키지 않는 것이 무엇보다 중요합니다. 처자식이 없는 것은 아무 걱정거리가 아니니 염려하지 마십시오."

"자룡은 참으로 대장부가 맞구나!"

유비는 흐뭇하게 칭찬한 뒤 조범을 풀어 주어 계양 태수로 임명하고 조자룡에게 큰 상을 내렸다. 조자룡의 일은 우연한 작은 사건으로 마무리된 셈이었다.

이를 보고 참지 못해 나선 장수가 있었다. 바로 장비였다.

"나에게도 공을 세울 기회를 주시오. 이번에는 내가 무릉을 단숨에 취하고 오겠소이다."

제갈공명도 이번에는 장비에게 기회를 줘야 한다고 생각했다.

"장 장군이 가는 것은 이치에 맞는데 조건이 있소."

제갈공명은 이미 네 명의 장수를 안배하여 서로 공을 세우게 하는 꾀를 세웠다. 한마디로 경쟁심을 부추기는 것이었다.

"조자룡이 계양을 취할 때 나에게 무엇을 남기고 갔는지 아시오?"

"군령장을 남기지 않았소이까?"

"맞소! 장 장군도 무릉을 취하려면 군령장을 남겨야 하오."

실패할 경우 목을 내놓겠다는 군령장은 무서운 서류였다. 하지만 장비는 호언장담했다.

"그까짓 것 아무것도 아니오."

곧장 군령장을 써서 제갈공명에게 건네준 장비는 군사 삼천 명을 이끌고 바로 출발했다. 성질 급한 장비다웠다.

무릉 태수는 김선이었다. 그는 장비가 온다는 말을 듣고 무기와 군사들을 점검하여 싸우러 나서려 했다.

이때 종사였던 공지가 나섰다.

"진정하십시오. 유비는 황실의 황숙입니다. 그의 이름과 덕망은 온 세상 사람이 알고 있습니다. 게다가 장비는 용맹무쌍하기 짝이 없는 장수입니다. 맞서 싸울 수 없습니다. 투항하는 것이 좋겠습니다."

김선은 자존심이 상했다.

"네놈이 적과 내통하여 안에서 분란을 일으키려는 자가 아니더냐? 당장 이놈의 목을 베라!"

하지만 관원들이 말렸다.

"적을 앞에 두고 내부에서 분란이 일어난다면 누가 좋아하겠습니까? 제발 흥분을 가라앉히소서."

관원들이 간청하자 김선은 공지를 크게 꾸짖은 뒤 물러나게 했다.

김선은 직접 군사를 거느리고 무릉성 밖으로 달려 나갔다. 이십 리쯤 달렸을 때 장비의 군사들과 맞부딪쳤다. 진을 치고 자시고 할 시간도 없었다.

"네 이놈들, 당장 목을 내밀어라!"

장비가 달려오던 기세를 몰아 벼락같이 외쳤다.

"누가 나가서 장비와 맞설 것이냐?"

오합지졸인 김선의 군사들 사이에서 나서는 자가 없었다.

"에라, 내가 나서마!"

김선이 직접 칼을 휘두르며 달려 나오자 장비가 호통치며 달려왔다. 저승사자가 온다 해도 못 당할 기세였다. 싸우기도 전에 겁을 먹은 김선은 바로 도망쳤다. 죽기 살기로 도망쳐 성 앞으로 돌아왔을 때였다. 그런데 성문이 열리는 대신 성 위에서 화살이 쏟아졌다.

"어찌 된 일이냐?"

고개를 들어 성루를 바라보니 공지가 서 있었다.

"하늘의 뜻을 거스르고 스스로 패망을 자초하는 네 말을 그저 가만히 듣고 있을 수가 없었다. 나는 백성들과 함께 당장 유 황숙에게 투항할 것이다."

그 순간 공지가 쏜 화살이 김선의 얼굴에 박혔다.

"아악!"

김선은 비명을 지르며 땅바닥에 굴러떨어졌다. 군사들이 재빨리 달려와 목을 베어 장비에게 바쳤다. 공지는 김선이 죽은 것을 알고 성문을 열고 나와 장비에게 인수를 바쳤다. 그러고는 계양으로 가서 유 황숙을 뵙고 싶다고 전했다.

손쉽게 계양을 얻은 유비는 기뻐하며 공지를 무릉 태수로 임명했다. 그리고 신하들과 함께 무릉의 백성들을 위무했다.

네 성 가운데 세 개의 성을 수중에 넣었다. 남은 곳은 장사! 이제 공을 세우지 못한 사람은 관우뿐이었다. 유비가 편지를 써서 형주에 있는 관우에게 보냈다.

관우는 곧장 답신을 올리고 뒤이어 군사를 이끌고 나섰다. 관우가 기쁜 마음으로 계양으로 달려와 유비와 제갈공명을 만났다.

"형님께서 아직 장사를 취하지 못했다고 들었습니다. 이 아우에게 재주가 있다고 인정하신다면 공을 세울 기회를 주십시오."

제갈공명이 관우에게 주의 사항을 말했다.

"장군, 자룡은 계양을 차지하고 익덕은 무릉을 얻었습니다. 그들은 삼천 명의 군사를 거느리고 갔습니다. 지금 장사 태수인 한현은 졸장 부임에 분명하오."

"그런데 무엇을 걱정하십니까?"

"그자를 걱정하는 것이 아니라 그 밑에 있는 한 장수를 걱정하는 것이오. 그의 이름은 황충![†] 유표 밑에서 중랑장으로 있던 자인데 지금은 한현을 섬기고 있소이다."

"황충이라면 늙은 장수 아닙니까?"

"맞소. 그는 혼자 만 명의 장수를 능히 대적할 만큼 용맹한 자라 하오. 그러니 군사를 넉넉히 끌고 가야 할 것이오."

관우가 자존심이 상해 볼멘소리를 했다.

"군사는 어찌하여 남의 군사는 칭찬하면서 우리 군사는 깎아내리시오? 늙은 병사 하나를 들어 말할 게 무엇이 있소? 이 관우는 삼천 명도 필요 없소이다. 오백 명만 주시면 황충과 한현의 모가지를 베어 이 앞에 가져오겠소."

황충은 남양 사람으로 용감하고 싸움에 능했어. 처음에는 유표의 수하로 장사를 지켰지. 그때 이미 나이가 육십이 넘었는데 용력이 젊은이 못지않아 기개가 하늘을 찔렀다고 해.

곁에 있던 유비가 걱정되어 말했다.

"아우야, 삼천 명을 줄 테니 데려가거라."

"아닙니다. 오백 명이면 족합니다."

자존심에 상처 입은 관우가 고집을 피웠다. 결국 관우는 오백 명의 부하를 이끌고 장사로 향했다.

"동생이 너무 성급하구나."

우려하는 유비를 보며 제갈공명이 말했다.

"황충을 우습게 보다 실수할 수 있습니다. 주공께서 따라가셔서 후원해 주는 것이 어떻겠습니까?"

"그거 좋은 생각이오. 나도 몸이 근질근질했소."

유비도 군사를 거느리고 관우의 뒤를 따라 장사로 향했다. 장사를 취하는 과정에서 유비는 중요한 장수 둘을 얻게 된다. 이들과 대업을 향해 나아가게 되니 참으로 중요한 싸움이 아닐 수 없었다.

장사 태수 한현은 속이 좁은 졸장부였다. 태수직에 있으면서 걸핏하면 사람을 때리거나 죽여 인심을 얻지 못했다. 관우가 쳐들어온다는 말을 듣고 한현은 노장 황충을 불러 꾀를 물었다.

"어찌하면 좋겠는가? 관우가 군사를 끌고 온다고 하는데."

"태수께서는 걱정하지 마시오. 저의 칼과 활만 있으면 적군은 모조리 몰살당할 뿐입니다. 아무도 살려서 돌려보내지 않겠소."

황충의 큰소리는 허언이 아니었다. 그는 원래 천하의 명궁에다 힘이 장사라, 두 사람이 당겨야 하는 활을 혼자서 거뜬히 당겼다. 게다가 발사하는 족족 백발백중을 자랑했다. 황충이 나서려 하자 밑에 있던 양영이라는 관군교위가 나섰다.

"노장군께서 나설 필요도 없습니다. 제가 가서 관우의 목을 베어 오겠습니다."

"오, 그대라면 능히 해내겠구나. 군사 천 명을 주겠다. 관우의 군사가 오백밖에 안 된다 하니 반드시 무찌르도록 하라!"

양영은 천 명의 군사를 이끌고 기세등등하게 성문을 나섰다. 오십 리도 채 못 갔을 때 관우의 군마가 기세 좋게 달려왔다. 양영은 곧바로 진을 친 뒤 창을 들고 앞으로 나가며 관우를 모욕했다.

"너는 어디서 온 도적놈이냐? 이름을 알리고 싸워라!"

뻔히 관우의 이름을 알면서도 이름을 묻는 건 모욕이었다. 대꾸할 값어치도 없다고 여긴 관우는 청룡언월도를 휘두르며 양영을 향해 달려왔다. 하지만 양영 따위가 관우의 적수가 될 리 없었다. 몇 번 싸우지도 않았는데 양영의 몸이 두 덩어리로 갈라져 말 아래로 떨어졌다. 기세를 몰아 관우가 닥치는 대로 적을 무찌르며 짓밟자 군사들은 혼비백산하여 무기를 내던지고 도망쳤다.

관우가 장사성 아래 도착하자 마침내 황충이 나섰다. 황충도 오백 기를 끌고 성 밖으로 나와 관우를 상대했다. 흰 수염을 휘날리며 다가오자 관우가 숨을 고른 뒤 물었다.

"그대가 황충인가?"

"내 이름을 아는 자가 어찌 겁 없이 우리 땅에 발을 내디딘 것이냐?"

관우가 웃었다.

"하하하! 늙은이가 용력이 얼마나 되는지 모르지만 오늘이 제삿날인

줄 알아라!"

"늙은이가 누군지, 제삿날이 언젠지는 겨뤄 봐야 알 것이다."

황충과 관우가 흙먼지를 일으키며 맞붙었다. 황충은 큰 칼을 휘두르며 돌진하고 관우는 청룡도를 휘두르며 찌르고 들어갔다. 황충이 몸을 틀어 옆으로 빠져나가면서 관우의 머리를 내리치자 관우가 청룡도를 들어 황충의 칼을 막아 냈다. 두 사람의 싸움은 용호상박이었다. 칼과 청룡도가 맞부딪칠 때마다 불똥이 튀었고, 천둥번개가 치듯 천지가 요동쳤다. 백 합이나 맞붙어 싸웠지만 둘의 싸움은 승부가 가려지지 않았다. 말들이 지쳐 발걸음이 무뎌졌다.

"아, 참으로 놀라운 무예다. 이대로 가다간 나이 든 황충이 쓰러질지

도 모른다. 얼른 황충을 돌아오라 하라!"

한현이 큰 징을 울리자 황충이 군사를 이끌고 성으로 돌아갔다. 십리 밖에 진을 친 관우 또한 거친 숨을 몰아쉬었다.

"어떻습니까?"

부하 장수들이 묻자 관우가 대답했다.

"듣던 대로 명장이다. 나와 백 합을 맞붙고도 흔들림 없는 자는 처음 보았다."

"어찌하시렵니까?"

"내일은 꾀를 써야겠다."

다음 날 아침, 관우는 다시 성 아래로 달려가 싸움을 걸었다.

"늙은 황충은 나와라!"

황충은 다시 수백 기의 군사를 거느리고 나와 관우와 맞서 싸웠다. 이번에도 오륙십 합을 싸웠는데 승부가 나지 않았다. 군사들은 목청껏 응원하며 기를 모아 주었다.

그때 관우의 군영에서 징소리가 울렸다. 후퇴해 돌아오라는 신호였다. 관우가 말을 돌려 달아나자 황충이 다급히 쫓아왔다. 관우의 말은 그 유명한 적토마다. 도망치기로 작정한다면 누구도 따라올 수 없었지만 관우는 속력을 늦춰 황충이 등 뒤까지 바짝 다가오도록 유인했다. 관우의 속셈을 알 리 없는 황충이 온 힘을 다해 추격해 왔다. 그 순간 관우가 바로 돌아서서 청룡언월도로 황충의 목을 겨누었다. 그런데 뜻밖에 뒤에서 쫓아오던 황충이 말에서 떨어졌다. 황충의 말이 다리가 부러져 주저앉는 바람에 나뒹군 것이다. 황충의 목숨은 이제 관우의 손안에 들어왔다. 관우가 말 위에서 점잖게 말했다.

"실수로 말에서 떨어진 장수의 목을 베지는 않는다. 목숨을 살려 줄 테니 가서 말을 바꿔 타고 오라!"

황충은 말을 일으켜 성으로 돌아갔다. 이를 보고 한현이 물었다.

"어찌 된 일인가?"

"말이 한동안 쉬다가 갑자기 격한 전투를 하다 보니 놀란 듯합니다."

"그럼 활을 쏘았어야 하지 않는가? 왜 활을 쏘지 않았는가?"

"내일은 활을 쏘겠습니다. 유인해서 쏘아 없애겠습니다."

"좋다! 내가 타던 말을 타고 나가도록 하라."

한현은 자기가 타던 말을 황충에게 내주었다.

그날 밤 황충은 고민했다. 관우의 인품에 감동했기 때문이다. 자기를 얼마든지 죽일 수 있었는데 그냥 돌려보낸 의로움을 저버리고 활로 쏠 생각을 하니 마음이 괴로웠다.

'아, 관우는 말에서 떨어진 나를 털끝 하나 건드리지 않았는데 나는 화살을 쏘아야 하다니……. 활을 쏘지 않으면 명령을 어긴 죄인이 되니 어쩌면 좋을꼬?'

황충은 밤새도록 고민했지만 해결책을 찾지 못했다.

다음 날 아침, 날이 밝자 관우가 다시 싸움을 걸었다. 황충은 곧장 군사를 거느리고 앞장섰다. 황충과 싸우려는 관우도 사실 고민이 없는 것은 아니었다. 이틀간 싸웠는데 이기지 못했기 때문이다.

관우는 마음을 단단히 먹고 황충을 맞았다. 두 장수의 싸움은 오늘도 불꽃이 튀었다. 삼십여 합을 겨뤘지만 여전히 팽팽했다. 그때 갑자기 황충이 뒤돌아 도망치기 시작했다. 관우가 놓칠세라 뒤를 쫓았다. 황충은 쫓아오는 관우를 보고 화살을 꺼내 겨눠야 했다. 하지만 의리를 생각한 나머지 차마 그러지 못하고 빈 활을 당겼다. '팅!' 하는 시위 소리가 나자 관우가 급히 몸을 숙였다. 하지만 화살이 날아오지 않았다. 해자를 건너는 다리 앞에서 황충이 다시 활을 쏘았는데 이번에는 화살이 날아왔다. 화살은 순식간에 관우의 투구 끈을 맞혔다.

"와아!"

멀리서 보던 군사들은 관우가 화살에 맞은 줄 알고 함성을 질렀다. 깜짝 놀란 관우는 투구 끈에 화살이 꽂힌 채 말머리를 돌렸다.

'황충이 나를 맞힐 수 있었는데 어제 일 때문에 일부러 투구 끈을 맞혔구나.'

관우는 군사를 거두어 진지로 돌아갔다. 황충 또한 성안으로 물러났다. 황충을 본 한현이 다짜고짜 외쳤다.

"저자를 당장 포박하라!"

황충이 놀라 물었다.

"제가 무슨 잘못을 했다고 이러십니까?"

"네 이놈, 나를 속이려 하다니! 네놈이 싸우는 것을 내 똑똑히 보았다. 말에서 떨어진 너를 관우가 베지 않은 것이나, 네놈이 빈 시위를 당긴 것이 적과 내통했다는 증거가 아니고 무엇이겠느냐? 게다가 오늘은 일부러 관우의 투구 끈을 맞히지 않았더냐? 이러고도 발뺌할 셈이냐? 여봐라, 저놈의 목을 쳐라!"

그러자 곁에 있던 장수들이 나섰다.

"안 됩니다. 적을 앞에 두고 장수를 죽이는 일은 없습니다."

"황충을 두둔하는 자는 같이 목을 베겠다!"

한현의 서릿발 같은 명령에 황충은 밖으로 끌려 나와 죽을 수밖에 없는 운명이었다. 도부수들이 황충의 목을 치려 할 때 갑자기 건장한 장수가 뛰쳐나와 도부수들의 목을 쳤다.

"네 이놈들!"

황충을 부축해 세우며 장수가 외쳤다.

"황 장군은 우리 장사를 지키는 담벼락과 같은 장수요! 황 장군을 죽이는 것은 장사 백성들을 죽이는 짓이다! 한현은 원래 잔인한 데다 어진 이를 업신여기는 천하의 무도한 자다. 내 차라리 저자를 죽여 장사의 해악을 없애려 한다. 나와 뜻을 같이하는 자는 내 뒤를 따르라!"

칼을 높이 쳐든 그는 얼굴이 붉은 대춧빛으로 눈에서 불이 뚝뚝 떨어지는 의양 사람 위연[†]이었다. 위연은 원래 양양에서 유비를 따르려 했지만 뜻대로 되지 않아 장사로 와서 한현에게 의탁하고 있었다. 한현은 위연이 오만하고 무례하다 생각해 높은 직책을 주지 않았다. 이에 불만을 억누르고 있던 위연이 황충을 구하고 분연히

위연은 정사에도 '위연전'이라고 해서 따로 행적이 기록된 인물이야. 훗날 촉을 위해 많은 공을 세워 정서대장군이 되고, 남정후로 봉해지기까지 해. 이렇게 한현을 죽이고 자신의 존재를 드러내는 건 소설 속 허구야.

일어난 것이다.

위연의 뒤로 군사들이 몰려오자 황충이 나섰다.

"여보게, 이러면 안 되네!"

그러나 황충 혼자 몸으로 그들을 막을 수는 없었다. 위연은 당장 성 위로 올라가 한현을 두 동강 냈다. 그리고 한현의 목을 들고 관우의 영채를 찾아갔다. 관우는 크게 기뻐하며 장사성으로 들어가 백성들을 위무했다.

성내가 안정되자 관우가 사람을 보내 황충을 찾았다.

"황 장군을 만나고 싶으니 모셔 오너라!"

그러나 황충은 몸이 아프다며 나오지 않았다. 관우는 그 즉시 눈치챘다. 그를 부르는 것이 예의가 아님을.

그 무렵 유비는 관우를 돕기 위해 후군을 이끌고 길을 재촉했다. 그런데 갑자기 청색기가 거꾸로 말리면서 까마귀 한 마리가 북쪽에서 날아와 세 번 울고 남쪽으로 사라졌다. 불길한 조짐이었다.

"군사, 이게 무슨 조짐이오? 불길하오."

제갈공명이 점괘를 짚어 보고 말했다.

"장사를 수중에 넣고 장수 하나를 새로 얻는다는 점괘입니다."

"오, 그렇다면 다행이오."

유비가 장사에 이르자 관우가 성 밖으로 나와 영접했다. 관우가 그간의 일을 자세히 전하고 아직 황충을 설득하지 못했노라고 말했다. 그러자 당장 유비가 자리에서 일어났다.

"훌륭한 장수를 앉아서 부를 수는 없다. 내가 찾아가겠다."

황충의 집에 유비가 나타나자 집 안에서 소란이 일었다.

"황 장군 뵙기를 청하오!"

유비가 정중하게 예를 갖추자 그제야 황충이 나왔다.

"나의 장수가 되어 주시오."

황충은 유비의 정성에 감동했다. 더 이상 버티는 건 의미가 없었다.

"여부가 있겠습니까!"

"감사하오!"

유비가 주름투성이인 황충의 손을 잡았다.

황충이 머뭇거리다가 말했다.

"다만 한 가지 청이 있습니다."

"무엇이오?"

"한현의 시신을 산기슭에 장사 지내도록 허락해 주십시오."

유비는 잠깐 생각했다. 황충이 진심으로 항복한 것인지 의심스러웠기 때문이다. 하지만 한현은 이미 죽은 몸이라, 황충의 충성과 의리가 남다르다는 데 생각이 미쳤다.

"그렇게 하시오. 죽은 자가 무슨 죄가 있소. 예를 갖추어 장사를 지내시오."

한현은 자기가 죽이려 했던 신하의 충절 덕분에 까마귀밥 신세를 면했다. 후대 사람들은 황충의 충절을 크게 찬양했다. 죽음을 달게 받으려 한 것도 모자라 자신을 죽이려 했던 한현을 정중히 보내 준 의로움과 절개를 두고두고 칭송한 것이다.

황충을 극진하게 대접할 때 위연이 제갈공명 앞에 모습을 드러냈다.

"위연, 인사드립니다!"

제갈공명은 위연을 보자마자 큰 소리로 외쳤다.

"저자를 끌어내 당장 목을 쳐라!"

유비가 화들짝 놀랐다.

"아니, 공을 세운 장수를 어찌하여 죽인단 말이오? 왜 저자를 죽이려
는 것입니까?"

"위연이 죽어야 할 이유는 많습니다. 한현의 녹을 먹었는데 주인을
죽였으니 불충한 자입니다. 게다가 항복하여 자기가 살던 땅을 남에게
바쳤습니다. 이것은 의롭지 못한 행동입니다. 그뿐 아니라 저자의 관상
을 보니 뒤통수가 튀어나온 것이 반골입니다. 반드시 뒷날 배신할 상이
니 지금 죽이는 것이 좋습니다."

"군사, 아무리 그래도 이 사람을 죽이면 앞으로 항복하는 자들이 불
안해하지 않겠소? 용서해 주시오. 공을 세우게 하면 되지 않소."

그 말을 기다렸다는 듯 제갈공명이 비로소 말했다.

"오늘 주공의 부탁으로 너를 특별히 살려 준다. 충성을 다해 의리에
보답하라. 행여 딴마음을 먹으면 네 목이 남아나지 않을 것이다."

"충성을 다하겠습니다!"

두려워하던 위연이 고개를 조아리며 물러갔다.

장사를 맡아 다스릴 사람이 필요하자 황충이 유표의 조카인 유반을
천거했다. 유반은 유종이 조조에게 투항하자 시골로 물러나 세상을 등
지고 살고 있었다.

"유반은 지금 시골에서 조용히 살고 있습니다. 장사를 다스릴 인격을

충분히 갖춘 자입니다."

"오, 고마운 말이오."

유비가 당장 유반을 불러들여 장사군을 맡겼다.

이렇게 유비는 양양 남쪽의 네 군, 곧 영릉, 무릉, 계양, 장사를 무사히 평정하고 형주로 돌아갔다. 이때부터 유비는 군량이 넉넉해지고 각지에서 선비들이 찾아오기 시작했다. 유비가 본격적으로 영웅들 사이에서 어깨를 겨루는 부국강병의 길로 들어선 것이다. 자고로 한 나라가 부강해지면 이웃 나라가 위험에 빠지는 법이다. 바야흐로 삼국의 정세가 어떻게 변할지 지켜볼 일이다.

4 미꾸라지 같은 제갈공명

주유는 요양이 시급했다. 건강이 안 좋아 달리 방법이 없었다. 시상으로 돌아간 주유는 휴식을 취하면서 감녕에게 파릉군을, 능통에게 한양군을 지키라 명했다. 두 전선에 군사들을 나누고 나머지 군사들은 합비에서 싸우는 손권을 돕도록 보냈다. 이때까지만 해도 주유의 주공인 손권은 어설픈 영웅이었다. 그는 동오 왕이면서도 늘 무용이 뛰어난 장수라고 생각했다.

손권은 적벽에서 대승을 거둔 기세로 합비를 치려고 직접 군사를 이끌고 나아갔다. 하지만 조조 군과 열 번을 싸워 한 번을 제대로 승리하지 못하고 어정쩡한 대치 상태를 이어 갔다. 이때 정보의 원군이 온다는 소식이 들어왔다.

손권은 친히 원군을 맞으러 나갔다. 원군의 선봉은 노숙이 맡았다. 손권은 말에서 내려 지극한 예로 노숙을 맞았다. 노숙은 손권이 말에서 내린 것을 보고 황급히 예를 갖추었다.

"주공, 어찌하여 저에게 과도한 예를 갖추십니까?"

"어서 말에 오르시오. 나와 함께 갑시다."

주위 사람들은 본 척도 하지 않을 만큼 손권은 절박했다.

"내가 말에서 내려 그대를 영접한 것이 만족스럽소이까?"

"아닙니다."

의외로 노숙은 아니라고 고개를 저었다.

"원군을 끌고 먼 길을 왔기에 내가 감사의 뜻을 전했거늘, 왜 아니라 하시오?"

"외람되오나 저의 꿈은 그런 것이 아닙니다. 저의 꿈은 주공께서 이름과 덕망을 사해에 떨치시고, 아홉 개 주를 통솔하시며 마땅히 대업을 이루어 역사에 이름이 남도록 하는 것이옵니다. 그것이 저의 영광 아니겠습니까?"

"으하하하!"

노숙의 말은 곧 손권에게도 큰 희망과 뜻이 있음을 의미하는 것이었다. 장막으로 돌아온 손권은 잔치를 베풀어 멀리서 온 원군을 위로했다. 합비를 어떻게 쳐야 할까 고민하는데 기다렸다는 듯 조조 군의 장요가 싸우자는 서신을 전달해 왔다. 원군이 왔는데도 기죽지 않고 먼저 싸우자고 하는 장요야말로 용맹하기 짝이 없는 장수였다. 서신을 받아 읽은 손권은 자존심이 부쩍 상했다.

"이자가 나를 우습게 아는구나. 원군이 왔다고 오히려 싸움을 더 재촉하는데, 좋다! 내일은 내가 충원된 군사는 쓰지 않고 기존 군사만 가지고 대적해 주겠노라."

다음 날 손권은 군사를 이끌고 합비성을 향해 쳐들어갔다. 조조 군은 이미 양쪽으로 진을 벌여 놓고 기다리고 있었다. 맨 앞에 장수 셋이 나와 한 줄로 섰는데 중앙에 장요, 왼쪽에 이전, 오른쪽에 악진이었다. 모두 백전노장들이었다.

"손권은 앞으로 나서라! 열 번이나 공격하고도 변변한 승리 한 번 못 챙긴 졸장부야!"

손권이 화가 치밀어 창을 들고 장요에게 달려가려 했다. 그런데 그에 앞서 한 장수가 쏜살같이 내달렸다. 태사자였다. 장요와 태사자가 불퉁 튀듯 치열한 싸움을 벌였다. 칠팔십 합을 맞붙어도 승부가 나지 않았다. 그때 조조 진영에서는 손권을 유심히 살폈다.

"저 황금 투구를 쓴 자가 손권이다. 저자만 사로잡으면 적벽에서 패배한 쓰라림을 단번에 만회할 수 있을 텐데."

그 말을 들은 악진이 손권 앞으로 달려왔다. 손권이 미처 방비할 틈도 없이 칼을 휘두르자 주위에 있던 장수들이 나서서 막았다. 순식간에 난전이 벌어져 손권은 뒤로 물러났다. 손권의 곁을 지키던 송겸은 악진의 공격을 막느라 전전긍긍했다. 악진이 공세를 취하다 짐짓 도망치자 송겸이 공을 세우려 창을 들고 등 뒤까지 추격했다. 그 모습을 지켜보던 이전이 활을 꺼내 송겸을 향해 시위를 당겼다. 날아온 화살이 무방비였던 송겸의 가슴에 정확히 꽂혔다.

송겸이 쓰러지자 전세가 조조 군 쪽으로 기울었다. 장요와 맞붙어 싸우던 태사자가 후퇴했고, 동오 군사들은 사방으로 흩어졌다. 기세를 잡은 장요가 동오 군사들을 헤저으며 손권에게 다가가려 할 때 갑자기 새로운 군사들이 몰려왔다. 원군으로 가세한 동오의 정보였다. 정보가 무서운 기세로 몰아쳐 손권을 구해 내자 장요는 순순히 물러났다. 정보는 손권을 호위하여 막사로 돌아와 전열을 정비했다.

송겸의 주검을 본 손권은 안타까워 눈물을 흘리며 통곡했다.

"그대가 나를 살리려다 죽었구나. 이 무슨 변고란 말인가!"

보다 못한 장굉이 간언했다.

"주공, 이번 싸움은 주공의 잘못입니다. 적장의 목을 베고 적기를 빼앗는 일은 장군들 몫입니다. 주공의 일이 아닙니다. 그런데도 젊은 기운만 믿고 적들을 우습게 여기셨으니, 저희들은 한심하게 생각하고 있습니다. 주공은 용맹을 누르시고 천하를 구하셔야 합니다. 송겸을 잃은 것도 주공께서 가볍게 나섰기 때문 아니겠습니까? 부디 앞으로 스스로를 아끼시며 보존하소서."

손권은 고개를 끄덕였다.

"그대 말이 맞다. 내 오늘부터 마땅히 내 잘못을 고치겠다."

손권이 반성의 눈물을 흘릴 때 태사자가 아뢰었다.

"저에게 군사를 내주십시오."

"어찌하여 군사를 달라는 건가?"

"부하 중에 과정이라는 자가 있는데, 장요 밑에 있는 후조와 형제지 간이랍니다. 그런데 그자가 장요에게 원한을 품어 배반할 뜻이 있답니다. 오늘 밤 장요를 죽여 송겸의 원수를 갚고, 불을 올려 군호를 올리겠다고 하니 당장 가서 호응을 하겠습니다."

"과정이란 자는 어디에 있는가?"

"이미 군사들 틈에 섞여 합비성으로 들어갔습니다. 오천의 군마만 주시면 제가 합비성을 점령하겠습니다."

지켜보던 제갈근이 이상하다 싶어 입을 열었다.

"주공, 장요는 관우와도 친분이 있는 지모가 뛰어난 장수입니다. 대비하고 있을 것이니 섣불리 움직이면 안 됩니다."

"주공, 그렇지 않습니다. 과정은 제가 믿는 자입니다. 반드시 공을 세울 것입니다."

태사자 역시 젊은 혈기를 내세웠다. 손권은 경솔했던 자신을 반성했다고 하지만 아직도 분이 풀리지 않았다. 타고난 무인 기질이 본능처럼 가슴에 자리하고 있었다. 결국 손권은 태사자에게 오천 명의 군사를 내주며 지체 말고 원수를 갚으라고 명령했다.

합비성에 들어간 과정은 태사자와 동향 사람으로 후조를 만나 장요를 죽일 계획을 짜고 있었다.

"태 장군이 이미 이런 사실을 알고 있습니다. 오늘 밤에 도우러 올 것입니다. 형님은 어쩔 작정이십니까?"

후조가 낮게 말했다.

"내가 먼저 밤에 마초에 불을 지를 테니 너는 기다렸다 배반자가 있다고 고함을 질러라. 그러면 반드시 혼란이 일어날 것이야. 그 틈에 내가 장요를 찔러 죽이마. 우두머리만 제거하면 나머지 군사들은 흩어질 테니까."

"그거 좋은 생각입니다."

그날 밤, 싸움에서 승리한 장요는 잔치를 베풀어 군사들을 배불리 먹이고 나서 말했다.

"아직 전투는 끝나지 않았다. 오늘 밤에는 갑옷도 벗지 말고 잠들지도 말도록 하라."

부하들 원성이 자자했다.

"동오 군사들은 멀리 달아났습니다."

"오늘 같은 날 어찌하여 편히 쉬라 하시지 않습니까?"

장요가 고개를 저었다.

"아니다. 이럴수록 방비를 튼튼히 해야 한다. 만일 방비가 느슨해진 틈에 적이 쳐들어오면 어찌할 것이냐? 승리에 기뻐하지 않고 패했다고 근심하지 않는 것이 장수의 길이다."

그 말이 끝나기 무섭게 성내 한쪽에서 불길이 치솟았다.

"반란이다! 적들이 들어왔다!"

뒤이어 사태의 급박함을 알리는 병사들의 보고가 이어졌다.

"장군, 아무래도 직접 가셔서 상황을 보셔야 할 듯합니다."

그것이 바로 후조와 과정이 원하는 상황이었다. 그러나 장요는 신중했다.

"성안 군사들이 한꺼번에 반역을 일으켰을 리 없다. 이는 분명히 쥐

새끼 같은 몇 놈이 모반을 일으킨 것이다. 경거망동하는 자는 목을 벨 것이다. 제자리를 지키라 명하라!"

장요의 명령은 주효했다. 군사들 사이를 돌아다니며 소란을 피우던 과정과 후조는 곧 정체가 들통나 잡혀 왔다.

"네 이놈들, 너희들은 어찌하여 분란을 일으킨 게냐?"

호되게 문초하자 과정과 후조가 모든 사실을 이실직고했다. 장요는 두 사람을 죽인 뒤 기습에 대비했다. 아니나 다를까, 잠시 후 태사자가 쳐들어왔다.

"옳거니! 저자들이 움직이는구나. 우리는 저들을 역으로 이용하자."

장요는 성안에 불을 피워 모반이 성공을 거둔 것처럼 소리를 지르게 만들었다. 군사를 거느리고 온 태사자는 성안이 소란스럽고 불길이 치솟는 것을 보고 약속대로 과정과 후조가 거사를 해냈다고 믿었다. 잠시 후 성문이 열리고 해자 다리가 내려졌다.

"성공이다! 돌격하라!"

태사자가 성문을 향해 군사를 이끌고 나아갔다. 군사들 대부분이 다리를 건너 성문으로 쏟아져 들어가려 할 때였다. 갑자기 징소리가 울리며 숨어 있던 궁노수들이 모습을 드러내고 화살을 퍼부었다.

"아뿔싸, 속았다!"

맨 앞에서 달리던 태사자가 말을 돌려 성에서 빠져나왔다. 하지만 이미 여러 대의 화살이 몸에 박혔다. 그뿐 아니라 이전과 악진이 군사를 휘몰아 추격해 왔다. 도무지 활로가 보이지 않았다. 이렇다 할 저항도 못 했는데 오천 군사 중 절반 넘게 쓰러졌다.

조조의 군사들은 내친 김에 손권의 영채 앞까지 쳐들어왔다. 뒤늦게 동오에서 육손과 동습이 나와 태사자를 구출했다. 영채의 장막에 누운 태사자는 고슴도치처럼 온몸에 화살이 박혀 몰골이 말이 아니었다. 지켜보던 장소가 곁에서 힘든 말을 꺼냈다.

"주공, 더는 안 되겠습니다. 퇴각하시지요."

손권은 자신의 능력이 거기까지임을 깨닫고 인정하고 싶지 않았지만 고개를 끄덕이지 않을 수 없었다.

손권의 군사들은 배를 타고 남서의 윤주로 돌아갔다. 후퇴한 지 얼마 지나지 않아 태사자는 운명을 다했다. 그의 마지막 절규는 듣는 이의 가슴을 찢어 놓았다.

"대장부가 난세에 태어나 검을 차고 역사에 남을 공을 세웠어야 하는데 뜻을 못 이루고 가는구나."

후세 사람들은 태사자의 충애와 용맹을 칭송했다. 손권은 그의 죽음을 비통해하며 성대하게 장례를 치러 주었다. 그리고 그의 공을 잊지 않고 그의 아들 태사형을 데려다 길렀다.

적의 불행은 나의 행복인 셈인가. 유비는 손권이 합비에서 승리를 거두지 못하고 군사를 거둬 남서로 돌아갔다는 소식을 듣고 곧바로 제갈공명을 불렀다.

"군사, 지금이야말로 우리에게 기회가 온 것 아니겠소?"

"맞습니다. 간밤에 제가 천문을 보았는데 별 하나가 떨어졌습니다. 아마 황족 중에 누가 죽은 것 같습니다."

노숙

노숙은 요즘 말로 하면 금수저 출신 영웅이야. 부유해서 베푸는 것을 좋아하고, 가난한 사람들을 돕는 것과 영웅들 사귀는 것을 즐겼대. 이 과정에서 주유에게도 도움을 주면서 사귀게 되었어. 원술에게 가려다가 주유를 따름으로써 동오의 중요한 신하가 돼. 208년 조조가 강동을 노릴 때 겁먹은 동오의 신하들이 손권에게 항복을 권유하자 유비와 손잡을 것을 제안하고 적벽대전을 승리로 이끄는 데 한몫하지. 천하를 셋으로 나누자는 삼분지계는 흔히 제갈공명의 계책으로 알려져 있지만 노숙 역시 손권에게 제안했다고 해. 아마도 그건 당시 지식인들 사이에 널리 퍼진 아이디어였던 것 같아.

잠시 후 전령이 들어왔다.

"주공, 유기 공자께서 병사했다는 소식입니다."

유비는 들고 있던 잔을 떨어뜨리며 통곡했다.

"어으으, 조카……. 조카가 죽다니……."

제갈공명이 슬퍼하는 유비를 위로했다.

"주공, 너무 슬퍼하지 마십시오. 사람이 나고 죽는 것은 자연의 이치 아닙니까? 지금은 큰일을 도모해야 할 때입니다. 빨리 양양으로 사람을 보내 그곳을 방비케 하고 장례를 성대히 치르도록 하시지요."

"누가 가면 좋겠소?"

"이런 일에는 관운장 아니면 안 됩니다."

관우가 곧장 양양으로 파견되었다. 문제는 유기가 죽었으니 형주 땅을 돌려 달라고 큰소리칠 동오의 공세였다.

"동오에서 형주를 되찾겠다고 난리를 칠 것이 분명하오. 어떻게 하면 좋겠소?"

"저에게 맡겨 주십시오."

제갈공명은 걱정 말라고 장담했다.

시간이 흐르자 예상했던 대로 동오에서 문상을 오겠다는 통지가 왔다. 이번에도 문상객은 노숙이었다.

노숙이 찾아오자 유비와 제갈공명이 정중하게 맞이했다. 자리를 잡고 앉자 노숙이 예를 갖춰 근엄하게 말했다.

"저희 주공께서 예물을 갖춰 문상하라 하셨습니다. 또한 주 도독은 유 황숙과 제갈 선생께 각별히 안부를 물으셨습니다."

"감사한 말씀입니다."

유비가 정중히 사례하고 예물을 받자 노숙이 본론을 꺼냈다.

"지난번에 황숙께서 분명히 유기 공자가 없으면 형주를 돌려주겠다 하셨습니다. 안타깝게도 이제 유기 공자는 세상을 떠나 이 세상 사람이 아닙니다. 약속을 지키실 때가 되었습니다."

유비가 말을 못 하고 머뭇거리자 제갈공명이 나섰다.

"그대는 참으로 이치에 닿지 않는 말씀만 하고 계시오."

"뭐요? 누가 이치에 닿지 않는 말을 했다는 것입니까?"

"한나라는 지금 불행하게도 사방에서 간웅들이 벌 떼처럼 일어나 저마다 땅을 차지하고 있소이다. 그러니 하늘의 이치가 바로잡힐 리 없지요. 이럴 때일수록 필요한 것이 정통으로 복귀하는 것이오. 우리 주공은 중산정왕의 후예로서 효경 황제의 현손이고 황제의 숙부 아니겠소? 게다가 유표는 우리 주공의 형님이고 유기는 조카요. 우리 주공께서 형주를 차지하는 것이 당연히 이치에 맞지 않소? 그대의 주공이 누구요? 옛날에 한낱 전당 아전†의 아들이었소. 조정에 공덕을 세운 것도 없는데 이제 와서 한나라 땅을 탐하는 것 아니오? 유씨 천하에서 유씨인 우리 주공은 땅이 없는데, 손씨가 오히려 우리 주공의 땅을 빼앗으려 하고 있소. 또한 적벽대전에서 이겼다 하는데, 우리 주공과 부하 장령들이 함께 나서서 용맹하게 명을 받들어 공을 세운 것 아니겠소. 어찌 동오만의 힘이라 할 수 있소? 게다가 내가 동남풍까지 불러 왔소이다."

"……."

노숙은 어이가 없어 말을 잃었다.

"어디 그뿐이오? 강동이 패했다면 입에 올리기도 쑥스럽지만 이교는 조조의 동작대에 앉아 있을 것이오. 공의 집안도 무사하지 못할 것이 뻔하오. 우리 주공께서 말씀을 하지 않은 까닭은 이러한 이치를 일일이 들어 말하지 않더라도 그대가 알 것이라 믿었기 때문인데, 어찌하여 그렇게 무지몽매한 말씀을 하시오?"

약속은 뒤로 미루고 본질을 호도하며 제갈공명이 궤변을 늘어놓자 노숙은 당황하여 말을 잇지 못했다. 잠시 정신을 차린 뒤 노숙이 간신히 입을 열었다.

"선생의 말도 이치에 맞는 말이오. 하지만 나는 어쩌란 말이오? 나야말로 난처하게 되었소이다."

"그대가 왜 난처하단 말이오?"

"자, 내 말을 들어 보시오. 유 황숙이 수난당할 때 선생을 모시고 우리 주공에게 간 사람이 바로 나요. 그리고 주 도독이 군사를 일으켜 형주를 취하려 했을 때 막고 나선 사람도 나였소. 게다가 유기 공자의 얼굴을 뵙고 돌아가서 약속을 지키자고 우리 주공을 설득한 사람도

여기서 잠깐!!

중국의 정치에서는 일하는 공직자를 관(官)과 리(吏)로 구분했어. 여기서 리가 바로 아전이야. 아전은 관으로 승진할 수 없었어. 정부 기구의 가장 아래 계급으로서 사실은 정식 관원으로 여기지도 않았어. 사회적 지위도 낮아 일반적으로 멸시를 받았지.

하지만 아전들의 힘은 컸어. 사람을 살릴 수도 죽일 수도 있었고, 세금을 더 걷을 수도 덜 걷을 수도 있었다고 해. 중앙에서 내려오는 과거에 급제한 고위 관리들은 오직 상층부만 다스렸고 나머지 일은 아전들이 담당했어.

이 몸이란 말이오. 그런데 지금 와서 이치를 따지며 그리 말씀하시면 나는 우리 주공을 무슨 낯으로 뵌단 말입니까? 좋소, 나야 어리석어 주공에게 죽임을 당한다 칩시다. 동오와 싸움이 벌어진다면 과연 유 황숙은 편안할 수 있겠소? 두 나라는 천하의 웃음거리가 될 뿐이오."

"하하하!"

제갈공명이 웃었다.

"동오의 군사력이 강하고 주유가 무섭다고 우리를 협박하는 모양인데, 나는 조조의 백만 대군도 우습게 여긴 사람이오. 주유 따위 애송이를 내가 두려워할 것 같소? 하지만 그대의 처지가 난처하게 됐다 하니 주공께 문서를 써 달라 요청하겠소."

"무슨 문서입니까?"

"형주를 잠시 빌려 쓰다가 우리만의 영토를 얻으면 그때 돌려주겠다는 약조를 하면 어떻겠소?"

어처구니없는 제안이었다. 문서를 써 주고 시간을 때우겠다는 뜻이었다. 하지만 노숙으로서는 달리 뾰족한 방법이 없었다.

"도대체 무슨 땅을 빼앗아 어떻게 돌려주겠다는 말씀이십니까?"

"물론 전국 각지를 영웅들이 차지하고 있어서 땅을 얻기가 쉽지 않소. 그렇지만 서천의 유장이 어리석고 유약하니까 우리가 그 땅을 쉽게 얻을 수 있소. 그리되면 형주를 돌려주겠소."

제갈공명의 말에는 큰 모순이 있었다. 유씨들 천하에 어찌 손씨가 땅을 차지하려 하느냐며 결국 대안이라는 것이 또 다른 유씨의 땅을 빼앗아 그리 옮겨 가고 형주를 돌려주겠다고 하는 것이 아닌가. 속셈은 형주를 돌려

주지 않겠다는 뜻임을 노숙도 잘 알았으나 달리 거부할 방법이 없었다. 결국 유비가 친필로 문서를 작성하고 서명했다. 보증인으로 제갈공명이 수결하고, 노숙까지도 보증하도록 서명하게 만들었다.

노숙은 달랑 문서 하나 받아 들고 하직 인사를 올린 뒤 강변으로 나와 배를 탔다. 제갈공명이 불안해하는 노숙에게 한마디 덧붙였다.

"우리 문서가 마땅치 않다고 받지 않는다면 나도 마음을 바꾸겠소. 강동 여든한 개 주를 모두 빼앗아 버릴 수도 있소이다. 우리끼리 싸워 조조가 어부지리로 이득 보는 일이 없도록 해주시오."

허장성세였다. 제갈공명이 서천을 차지한다는 것은 희망이다. 희망은 가끔 사람을 거짓말로 이끈다. 그러나 제갈공명의 말을 거짓으로 매도할 수만은 없다. 희망은 영웅들의 동반자이고, 영웅을 영웅답게 만들기 때문이다. 그렇기에 제갈공명의 약속은 진실일 수도 있으며 결국은 지켜지게 되는 것이다.

노숙은 먼저 주유를 찾았다. 주유가 다급하게 물었다.

"그래서 어찌 되었소? 유비와 제갈공명이 뭐라 하더이까?"

"문서를 받아 왔습니다."

문서를 읽고 난 주유가 격분했다.

"어허, 딱한 사람이구려. 또 속아 넘어가지 않았소. 이건 어물거리다 넘어가려는 수작이오. 서천을 얻는다고 했는데, 어느 세월에 그들이 서천을 얻는단 말이오? 십 년, 이십 년 뒤에 서천을 얻으면 그때까지 우리는 형주를 돌려받지 못하고 있어야 한다는 소리요? 이따위 문서가 어디 있소? 게다가 그대가 여기에 보증까지 한 것 아니오? 저들이 약속을 어기면 노숙 그대도 책임을 져야 할 텐데, 어쩌려고 이런 문서를 받아 왔소?"

듣고 보니 맞는 말이었다. 한참 뒤에 얼굴이 벌게진 노숙이 말했다.

"그렇더라도 제갈공명과 유 황숙이 나를 곤란하게 하지는 않을 것입니다."

"어허, 참으로 고지식한 사람일세. 그대는 그런 마음인지 몰라도 유비와 제갈공명은 잔꾀로 살아온 자들이오. 그대와 생각이 같을 리가 없지 않소? 지금까지 해 온 행태를 보시오."

노숙은 그제야 자기가 속았다는 생각이 들었다.

"그러니 어쩌면 좋겠습니까?"

주유가 노숙을 위로하며 말했다.

"그대는 나의 은인 아니오. 그대가 나에게 처음 군량을 보태 준 것이 평생의 은혜이기에 내가 그대를 돕겠소. 잠시 여기에 머무르면서 계책을 강구해 봅시다. 내가 염탐꾼들을 보냈으니 그들의 전언을 듣고 방책을 구해도 늦지 않을 것이오."

며칠이 지나자 강북으로 갔던 정탐꾼들이 돌아와 속속 보고를 올렸다.

"그래, 형주성은 어떻더냐?"

"성 밖에 산소를 새로 쓰고 군사들이 상복을 입었습니다."

"누가 죽었느냐?"

"유비가 감 부인을 잃어 장례를 치렀습니다."

"감 부인?"

주유는 홀아비가 된 유비를 유혹할 방법이 떠올랐다.

"옳거니! 계책을 세울 수 있겠소. 유비를 꼼짝 못 하게 묶어 형주를 되찾고 말겠소."

노숙이 궁금해 물었다.

"무슨 계책입니까?"

"하하하, 내 얘기를 들어 보오. 유비가 아내를 잃었으니 분명히 새로 아내를 얻을 것 아니겠소?"

"그렇겠지요. 누구를 아내로 보내시려는 겁니까?"

"주공에게 누이가 한 분 계시지 않소? 아주 강인한 여장부지."

주유는 미인계를 떠올렸다. 손권의 누이동생은 여자지만 수하의 궁녀들에게 항상 칼을 차게 했으며 주위에 병장기를 두루 갖추고 있었다. 사내대장부도 따를 수 없는 용맹한 여인이었다.

"내가 주공에게 글을 올려 주공의 누이동생과 유비의 중신을 설 생각이오. 그러면 유비가 장가들러 올 것 아니오? 그때 옥에 가둔 다음 형주와 맞바꾸자 할 것이오. 그러면 형주를 내놓지 않곤 못 배길 거요."

노숙은 깜짝 놀라며 허리를 굽혀 경의를 표

여범은 손오의 대신이야. 원래 원술의 모사였지만 나중에 손책이 강동을 다스리는 일을 도왔어. 손책이 죽은 뒤에는 손권의 중요한 모사가 되어 두터운 신임을 받게 돼.

했다. 놀라운 계책이었다.

주유는 곧장 손권에게 편지를 썼고, 노숙이 그 편지를 들고 남서로 떠났다. 손권을 만난 노숙은 자초지종을 이야기한 뒤 주유의 계책을 전했다. 먼저 유비에게서 받아 간 문서를 보고 화를 내던 손권은 주유의 계책을 듣고 고개를 끄덕였다.

"역시 주 도독은 신묘한 꾀를 가지고 있소. 그럼 유비에게 누구를 보내면 좋겠소? 옳지, 여범†이면 되겠구려."

손권은 여범을 불러 분부를 내렸다.

"근래에 유현덕이 부인을 잃었다 한다. 내 현덕을 동오로 초청해 내 동생과 맺어 줄 생각이니, 그대가 가서 내 뜻을 잘 전하라."

"받들어 모시겠습니다!"

여범은 손권의 명을 받들어 시종을 거느리고 형주로 떠났다.

5

새
장
가 드
는 유
비

유비는 하나뿐이던 감 부인을 잃은 뒤 홀아비가 되었다. 그러자 국사에 더욱 전념하여 늘 제갈공명과 붙어 다니며 앞으로의 살길을 도모하는 전략을 꾸미기에 바빴다. 그럴 무렵 여범이 손권의 명을 받들어 찾아왔다.

"여범이 왜 찾아왔겠소?"

유비가 묻자 제갈공명이 다소곳이 대답했다.

"분명히 주유의 꾀를 가져왔을 겁니다. 제가 병풍 뒤에 숨어 들어 볼 테니 무슨 말을 하더라도 알았다고만 하시고 가서 쉬라고 하십시오. 그 다음에 어떻게 대응할지 저와 상의하시면 됩니다."

"알았소."

제갈공명이 병풍 뒤로 몸을 숨기고 나서 여범이 들어왔다.

여범이 예를 갖추어 문상을 했다.

"상처의 고통이 크실 텐데, 심심한 위로를 드립니다."

"감사하오. 이렇게 위로해 주시니 큰 힘이 됩니다."

서로 공식적인 예를 갖추고 나자 여범이 본론으로 들어갔다.

"말씀드리기 외람되옵니다. 황숙께서 부인을 잃으신 지 얼마 되지 않았는데 바로 말씀드리기 괴롭지만, 어차피 국모는 계셔야 하는 것 아니겠습니까?"

"하긴 그렇소."

"좋은 분이 계셔서 중매를 서려는데 뜻이 어떠신지 모르겠습니다."

"나이 들어 상처했으니 불행하긴 하지만 땅에 묻힌 아내의 뼈와 살이 아직 식지도 않았습니다. 어찌 혼사를 얘기하겠습니까? 고생한 아내를 생각해서라도 도리가 아니지요."

유비가 점잖게 사양했다.

"아닙니다. 여염집에도 안사람이 없으면 대들보가 없는 것과 마찬가지라 했습니다. 그렇게 중요한 일을 어찌 서두르지 않으신단 말입니까? 다행히 저희 주공께 훌륭한 누이동생이 한 분 계십니다."

유비는 깜짝 놀랐다. 제안이 파격적이었기 때문이다.

"주공의 누이동생께서는 자색이 뛰어나고 재덕도 출중하실 뿐 아니라 용맹하신 분입니다. 황숙의 배필로 조금도 부족함이 없다고 생각합니다. 황숙께서 동오와 사돈지간이 되신다면 감히 조조도 동남쪽을 가볍게 여기고 쳐들어오는 일은 없을 것입니다. 이는 양쪽 모두에게 이로운 일이니 황숙께서는 절대 의심하지 마십시오."

"과분한 말씀이오. 나 같은 사람이 어찌 한창 젊은 오후(吳侯, 손권)의 누이동생과 혼사를 맺는단 말이오?"

"국태이신 오 부인께서 어린 딸을 너무 사랑하시긴 합니다. 멀리 시집보내는 걸 괴로워하실 듯하니 황숙께서 동오에 오셔서 혼례를 치르심이 어떠하실는지요?"

"어허, 오후께서도 이 사실을 알고 계십니까?"

"당연히 주공께 아뢰었지요. 이런 중대사를 제가 감히 마음대로 결정하겠습니까?"

"나는 귀밑머리가 이미 희끗희끗하오. 서로 어울리는 혼사가 아닐 듯해서 걱정입니다."

"걱정 마십시오. 주공의 누이동생은 용맹하기가 대장부 못지않습니다. 평소에 천하영웅이 아니면 절대 섬기지 않겠다고 말씀하셨는데, 유 황숙보다 더 뛰어난 영웅이 세상에 어디 있겠습니까? 우리 주공의 누이동생은 요조숙녀†이시니 군자와 요조숙녀라, 참으로 환상적인 배필이라 할 수 있습니다. 나이 차이는

요조숙녀라는 말은 많이 들어 봤을 거야. 《시경》에 나오는 말로 기품 있고 정숙한 여자를 부를 때 쓰이지.

꾸욱꾸욱 우는 물수리
황하의 모래톱에 있듯이
얌전하고 고운 아가씨
사나이의 좋은 짝일세

이 말은 주나라 문왕과 그의 아내인 태사를 기린 것이라는 설도 있고, 어여쁜 처녀를 짝사랑하는 노래라는 설도 있어.

허물이 아니라 여겨집니다."

유비는 당장 가부를 말할 수 없었다. 유비가 망설이다 제갈공명이 일러 준 대로 말했다.

"생각할 시간이 필요하오. 뜻은 감사하니 잠시 역관에서 쉬고 계시면 답을 드리겠소이다."

유비는 여범을 후하게 대접하고 역관에서 편히 쉬게 했다.

그날 밤 유비는 제갈공명과 혼사 문제를 놓고 이야기를 나누었다.

"군사께선 이 혼사를 어찌 생각하오?"

"저는 이미 그럴 줄 알았습니다. 점을 쳐 보았더니 매우 길합니다. 이 참에 장가를 드시지요. 중매쟁이로 손건을 보내셔서 오후를 만나게 하십시오. 손건이 가서 기초 작업을 해 놓으면 그 뒤 길일을 택하셔서 혼례를 치르는 게 좋겠습니다."

"내가 봐도 이 일은 주유가 나를 해치려는 수작이오. 호랑이 입으로 나를 끌어들이는데 나더러 그곳에 들어가란 말씀이시오?"

"하하하, 주유가 계교를 쓰긴 하지만 귀엽습니다. 저를 어찌 속이겠습니까? 걱정하지 마십시오. 제가 다 생각해 둔 것이 있습니다. 꼼짝 못 하게 해 놓겠습니다. 오후의 누이동생도 얻고, 형주도 굳건히 지킬 수 있습니다."

아무리 생각해도 위험한 일인 것 같아 유비는 선뜻 내키지 않았다. 그러나 제갈공명이 확신에 차서 권하자, 다음 날 손건에게 여범과 함께 가서 혼사를 성사시키라고 지시했다. 손건은 주공의 혼사를 진행하는 중차대한 임무를 띠고 동오로 향했다.

손건이 손권을 만나 인사하자 기쁜 얼굴로 맞았다.

"나는 정말 다른 뜻이 없소이다. 내 누이동생을 천하의 영웅호걸과 맺어 주려는 것뿐이오. 추호도 의심치 말고 유 황숙을 동오로 건너오라 하시오."

손건은 이것저것 궁금한 것을 물어보고 충분히 정보를 얻은 뒤 다시 형주로 돌아왔다. 기다리던 유비가 다급히 물었다.

"어찌 되었소?"

"한시바삐 건너오시라 합니다. 혼사 치르기를 고대하고 있겠다고 전했습니다."

손건은 본 대로 전했다. 하지만 유비는 여전히 내키지 않았다.

"군사, 어찌하면 좋겠소? 자칫하면 죽을 수도 있는데."

"주공, 걱정하지 마십시오. 제가 계책을 다 마련해 놓았습니다. 이 계책을 수행하려면 반드시 조자룡이 필요합니다."

제갈공명은 조자룡을 총애했다. 자신과 처지가 비슷하다 여겼기 때문이다. 유비, 관우, 장비는 혈맹을 맺은 사이인데 둘은 나중에 합세했으니 그럴 만도 했다.

제갈공명은 조자룡을 불러 자초지종을 설명한 뒤 조용히 말했다.

"자룡, 그대가 주공을 모시고 가야 하네."

"만일의 사태가 벌어지면 어찌합니까?"

"그때 쓸 수 있는 꾀를 비단 주머니에 담아 놓았네. 이 속에 꾀가 있으니 위기를 맞을 때마다 꺼내 보도록 하게."

비단 주머니 세 개를 건네자 조자룡이 받아 품에 간직했다.

마침내 혼삿날을 받은 유비는 예물을 갖춰 동오로 보냈다. 이어 형주의 일을 제갈공명에게 맡기고 조자룡, 손건과 함께 동오로 떠났다. 배를 타고 가면서도 유비는 마음이 편치 않았다. 하지만 제갈공명이 한 번도 실수한 적이 없었기에 그를 믿기로 했다.

마침 배는 순풍을 타고 남서의 나루터에 닿았다.

"지금부터 신중해야 한다."

조자룡은 첫 번째 비단 주머니를 열어 계책을 확인하고는 군사 오백 명에게 일일이 작전 지시를 내렸다. 군사들은 저마다 명을 받들고 흩어졌다.

"주공, 먼저 교 국로†를 찾아가라 하십니다."

조자룡이 첫 지시를 유비에게 전했다.

"아, 교 선생을 뵙는 것이 예의지."

교 국로는 이교의 아버지로 남서에 살았다. 멀지 않은 곳이라 유비가 당장 그를 찾아갔다.

"유비, 인사 올립니다."

술과 고기를 장만하여 예물과 함께 바치자 교 국로가 반가이 맞았다.

"덕망 높은 유 황숙께서 어쩐 일이십니까?"

유비는 그동안 진행된 혼사로 장가들러 왔다는 이야기를 전했다. 교 국로는 금시초문이었지만 크게 기뻐했다. 천하의 영웅인 유비가 자신의 일가붙이가 된다니 싫을 까닭이 없었다.

이때 조자룡의 지시를 받은 군사 오백 명은 남서성 안으로 들어가 여기저기서 물건을 사들이고 술을 마시며 소문을 퍼뜨렸다.

"이번에 유 황숙이 장가들러 동오에 왔다고 하던걸요."

"그게 정말이오?"

"그럼요! 우리 주공의 여동생과 백년가약을 맺는답니다."

"그럼 유 황숙이 동오의 사위가 되겠구려."

"그렇고말고요 이제 동오는 천하무적이 될 거요."

"애고, 이런 기쁜 일이 어디 있습니까?"

소문은 달리는 말보다 더 빨리 퍼졌다. 삽시간에 퍼져 성안에 유 황숙의 혼례를 모르는 사람이 없을 정도였다.

손권은 유비가 도착했다는 말을 듣고 내심 기뻐하며 여범을 보내 역관으로 안내했다. 교국로는 기쁜 마음에 국태인 오 부인을 찾아가 축하 인사를 건넸다.

"감축드리옵니다!"

오 국태는 어안이 벙벙했다.

"무엇을 감축한다는 말씀이십니까?"

"따님을 유현덕에게 출가시키기로 했다면서요? 어찌 저만 모르게 하셨습니까? 이렇게 기쁜 일은 저도 알았어야 하지 않습니까? 섭

교 국로는 사실 본인이 한 일이 있다기보다 두 딸이 절세의 미인이어서 유명해진 인물이야. 딸인 대교와 소교가 각각 손책과 주유에게 시집간 덕에 국로(國老)라는 존칭을 얻게 됐지. 하지만 정사에는 없는 허구의 인물이야. 유비가 장가간 것 자체가 정사에는 나오지 않거든.

섭합니다."

태부인은 깜짝 놀랐다.

"나는 모르는 일입니다. 당장 알아보겠습니다."

태부인이 시종을 손권에게 보내는 한편 사람을 보내 시중에 떠도는 소문의 진위를 알아오라고 일렀다.

잠시 후 사람들이 돌아와 아뢰었다.

"이미 소문이 쫙 퍼졌습니다. 유 황숙이 역관에 와서 쉬고 있고, 혼인 준비를 하느라 사람들이 시장에서 온갖 귀한 물건을 싸그리 사들였다 하옵니다."

태부인은 뜻밖의 소식에 너무 놀라 소리를 높였다.

"도대체 누가 이 일을 꾸몄다더냐?"

"이쪽에서 여범이 나서고, 유비 측에서 손건이 일을 처리했답니다. 두 사람은 지금 역관에서 서로 대접하느라 난리가 아니랍니다."

"이럴 수가 있나!"

태부인은 분한 마음까지 들었다. 늙었다고 자신을 소외시키나 싶은 생각이 들었던 것이다. 때마침 손권이 후당으로 찾아왔다. 태부인은 느 닷없이 통곡하기 시작했다.

"으으흑, 내가 죽어야지! 으으으흑……."

깜짝 놀란 손권이 물었다.

"어머님, 왜 그러십니까? 제가 무슨 잘못이라도 했습니까?"

"이 사람아, 자네가 나를 이토록 업신여기니 내가 살아 무엇 하겠는 가? 우리 언니가 나를 이리 대접하라 했던가?"

오 국태는 오 부인의 여동생으로 손견의 둘째 부인이다. 말하자면 손권의 작은어머니인데 손권이 그간 친모처럼 모셔 왔다. 그런 오 국태가 자신 앞에서 통곡하자 손권은 난감했다.

"말씀하십시오. 제가 무엇을 잘못했습니까?"

"이 사람아, 여자가 나이가 차서 시집가는 거야 당연하지. 하지만 혼사가 있으면 나에게 먼저 알렸어야 할 게 아닌가? 유 황숙을 불러 혼례를 올리겠다면서 어찌 나를 감쪽같이 속이는가? 그 아이는 자네 동생이지만 내가 낳은 내 딸이 아닌가?"

손권은 깜짝 놀랐다.

"아니, 어디서 그런 말씀을 들으셨습니까?"

"이 사람아, 차라리 나를 죽여 주게. 나를 따돌리고 바보까지 만들려는가?"

옆에 있던 교 국로도 나섰다.

"이 늙은이도 들었습니다. 그래서 축하 말씀을 드리러 왔는데 아무것도 모르고 계셔서……. 거참, 송구하기 짝이 없소이다."

낭패가 아닐 수 없었다. 귀신같이 유비를 처리하려던 비밀 작전이 허사가 되었기 때문이다. 손권은 이를 부드득 갈았다. 어찌 된 영문인지 알 수는 없었지만 태부인에게 계책을 털어놓지 않을 수 없었다.

"아닙니다. 이건 모두 주유의 계책이었습니다."

"계책? 무슨 계책이란 말인가?"

"유비가 우리 땅인 형주를 차지하고 있어서 주유가 꾀를 냈습니다. 유비를 잡아 놓고 형주와 맞바꾸자고 할 생각이었습니다."

"형주에서 바꾸겠다고 안 하면 어쩔 셈이었나?"

"그렇다면 유비를 죽였겠지요. 걱정하지 마십시오. 이 일은 계책일 뿐입니다. 여동생을 어찌 그런 중늙은이에게 시집보내겠습니까?"

그러자 태부인이 더 크게 화를 냈다.

"주유 이런 생쥐 같은 자가 있나. 대도독이라는 자가 형주 하나 못 취해 그런 졸렬한 미인계를 써서 유비를 잡겠다고? 그럼 유비가 죽으면 우리 딸은 시집도 못 가고 청상과부가 되어 평생 혼자 살아야 하잖나. 그대들 좋자고 내 딸 신세를 망칠 수는 없는 노릇이네."

교 국로도 거들었다.

"주공, 이건 방책이 아닙니다. 그렇게 해서 형주를 얻은들 천하의 웃음거리가 되지 않겠습니까? 졸렬한 수법을 썼다고 두고두고 세상 사람들의 입에 오르내릴 것입니다."

손권은 이러지도 저러지도 못해 입을 다물었다. 화가 난 태부인은 펄펄 뛰며 험한 말을 쏟아 냈다.

"천하에 이런 배은망덕한 간신이 있나. 어찌 왕실의 존엄을 팔아 사사로운 공을 취하려 했단 말인가? 내 힘이 있다면 당장 물고를 내고 싶지만 그럴 수 없어 한스럽구려."

교 국로가 중재했다.

"태부인, 진정하십시오. 이왕 일이 이리되었으니 어쩔 수 없습니다. 다행히 유 황숙은 한나라의 종친이며 영웅호걸 아닙니까? 이참에 정식으로 사위로 삼으시지요."

손권이 펄쩍 뛰었다.

"무슨 망발이십니까? 머리가 희끗한 늙은이에게 어찌 젊은 누이동생을 보냅니까?"

"주공, 유 황숙은 호걸 아닙니까? 그런 분을 매부로 삼으면 누이동생도 과히 부끄러운 혼사가 아닙니다."

그러자 태부인이 냉정을 찾고 말했다.

"유현덕이라는 자의 이름을 내가 듣기는 했지만 얼굴은 못 봤소. 내일 감로사[†]로 오라고 해서 한번 봐야겠소."

"보셔서 어쩌시려고요?"

"마음에 들지 않으면 뜻대로 하세요. 하지만 마음에 들면 그때는 정식으로 사위로 삼을 것입니다. 그렇게 알고 준비하세요."

손권은 효성이 지극했다. 태부인의 말을 듣고 어찌하지 못해 밖으로 나와 여범을 불렀다.

"일이 이상하게 흘러가는구나. 감로사에서 잔치를 열 준비를 해라. 어머님께서 유비를 만나시겠단다."

"주공, 걱정하지 마십시오. 차라리 잘되었습니다."

"무엇이 잘되었다는 것이냐?"

"가화에게 일러 미리 수백 명의 도부수를

감로사는 유비가 동오에 들어가 아내를 맞이한 절이야. 그런데 실제 역사에 따르면 그 당시 아직 존재하지 않았던 사찰이라고 해. 지금 중국에 가면 진강의 북고산에 감로사와 누각이 있어. 이곳에서 오 국태가 유비를 만났다고 해. 하지만 허구의 이야기인 《삼국지연의》 때문에 훗날 건물을 지어 짜 맞춘 거라고 보는 게 정확해.

숨겨 놓고 대기하다가 태부인께서 탐탁지 않게 여기면 아예 목을 베어
버립시다."

여범의 기지에 손권의 눈빛이 빛났다.

"오, 좋은 생각이다!"

손권은 어차피 계획이 틀어진 바에야 유비를 제거하거나 사로잡기로
마음을 바꾸었다. 쇠뿔도 단김에 빼랬다고, 당장 유비에게 내일 태부인
이 뵙자고 한다는 전갈을 보냈다.

유비는 손건과 조자룡을 불러 대책을 강구했다.

"갑자기 내일 만나자는데 어떻게 하면 좋겠는가?"

조자룡은 느낌이 좋지 않았다.

"계획대로 되지 않는다는 것은 반드시 흉계가 있다는 뜻입니다. 내일
분명히 안 좋은 일이 생길 듯하니 제가 오백 명의 군사를 데리고 가서
주공을 호위하겠습니다."

"그렇게 하라."

긴장감이 감도는 가운데 이튿날 날이 밝았다. 태부인과 교 국로는 먼
저 감로사에 자리를 잡고, 이어 손권이 신하들을 이끌고 뒤따라왔다. 유
비를 맞을 준비가 끝나자 여범을 역관으로 보내 유비를 초대했다. 유비
는 만일을 대비해 갑옷을 받쳐 입고 비단 도포를 걸쳤다. 조자룡도 완전
무장을 한 뒤 군사 오백 명을 이끌고 따라갔다.

감로사 앞에 이르러 유비가 손권에게 인사를 했다.

"유비가 인사드립니다."

"어서 오십시오. 긴 노정에 수고가 많으십니다."

손권은 풍모가 장쾌하고 태도가 당당하며 진중한 유비를 보고 은근히 당황했다. 흡사 한 마리 범을 보는 것 같았기 때문이다. 처음 만났는데 상상했던 것보다 더한 영웅호걸이었기에 자기가 처치할 수 있을지 의구심마저 들었다.

유비가 방으로 들어가 태부인에게 절을 했다.

"태부인께 유비 현신하옵니다."

황족답게 정중히 예의를 갖춰 인사하자 태부인은 대번에 흡족한 미소를 띠었다. 완숙함과 후덕함이 사윗감으로서 부족함 없이 마음에 들었기 때문이다.

"오, 그대는 진정 내 사윗감이구려. 천지신명이 그대를 우리에게 점지해 주었나 보오."

옆에서 지켜보던 교 국로도 칭찬을 아끼지 않았다.

"황숙은 듣던 대로 풍채가 용과 봉황 같소이다. 게다가 인덕이 넉넉하기로 천하에 소문이 자자하니, 태부인께서 이토록 훌륭한 사위를 얻으심은 참으로 큰 복입니다."

유비가 감읍하여 절을 올렸다. 자리를 잡자마자 조자룡이 뒤에 와서 딱 지키고 섰다. 태부인은 잘생긴 젊은 장수를 보고 궁금해 물었다.

"유 황숙을 지키는 저 장수는 누구요?"

"상산의 조자룡이라 하옵니다."

"아, 조자룡! 내 그 이름을 들었소. 과거에 장판에서 아두 공자를 품에 안은 채 목숨 걸고 백만 대군을 무찔렀다는 장수 아니오?"

"맞습니다. 그 조자룡입니다."

"참으로 훌륭한 장수요. 내 술 한잔 내리겠소."

조자룡이 무릎을 꿇고 태부인의 술을 받아 마셨다. 그러면서 유비에게 은밀히 동태를 알렸다.

"복도를 돌아보니 곳곳에 살기가 도는 것이 도부수들을 숨겨 놓고 있습니다. 즉시 태부인께 아뢰십시오."

"알았네."

태부인이 기쁨에 겨워 웃음소리가 높아지는데 갑자기 유비가 일어나 무릎을 꿇고 엎드려 통곡했다.

"어어어흑……."

태부인이 몹시 당황해 자리에서 일어났다.

"아니, 황숙! 이 기쁜 날 왜 우는 게요?"

"태부인, 저를 죽이시려거든 지금 당장 죽이시옵소서!"

"무슨 말씀이오, 그게? 이 기쁜 날 왜 내가 유 황숙을 죽인단 말이오?"

"바깥 복도 양쪽에 저를 죽이려는 도부수들이 가득해 드리는 말씀이옵니다."

"뭐라? 그게 정말이오?"

태부인이 고래고래 소리를 질렀다.

"내 손님을 불러다 놓고 이게 무슨 창피란 말이냐?"

태부인은 손권이 고개를 들지 못할 정도로 꾸짖었다.

"오늘 유비가 내 사위가 되기로 했으니 곧 내 자식인데 어찌하여 너는 사람을 죽이려고 도부수를 숨겨 놓았느냐?"

손권이 당황하여 급히 발뺌했다.

"저는 모르는 일입니다. 어머님, 여범을 불러 물어보겠습니다."

곧 여범이 불려 왔다. 하지만 여범 또한 자기는 모르는 일이라며 가화에게 떠넘겼다. 결국 가화가 끌려와 호되게 야단을 맞았다. 가화가 아무 말도 못 하고 우물쭈물하자 태부인이 호령했다.

"여봐라, 당장 저놈의 목을 베라!"

그러자 유비가 나섰다.

"태부인, 저로 인해 장수가 죽는다면 큰일을 앞두고 좋은 징조라 할 수 없습니다. 제가 불편하오니 살려 주십시오."

교 국로도 유비를 도왔다.

"맞습니다. 상서로운 일을 앞두고 불미스러운 일을 벌이는 것은 예가 아닙니다."

"그렇다면 내가 유 황숙의 얼굴을 봐서 살려 주겠다. 당장 도부수들을 물려라!"

가화는 목이 달아나기 일보 직전이라 줄행랑치듯 도부수 삼백 명을 이끌고 감로사를 빠져나갔다. 유비는 조자룡의 도움으로 죽음의 덫에서 기지를 발휘해 목숨을 보전할 수 있었다.

잠시 밖으로 나온 유비가 큰 숨을 내쉬며 절의 마당을 거닐고 있을 때였다. 절 안뜰 한쪽에 놓여 있는 커다란 바위가 눈에 들어왔다.

"여봐라, 내 칼을 가져오너라."

유비는 종자가 바친 칼을 들고 하늘에 대고 마음속으로 축원을 했다. 운을 시험해 보고 싶었던 것이다.

'하늘이시여, 이 유비가 무사히 형주로 돌아가 대업을 이룬다면 단칼

에 이 바위를 두 쪽 내게 해주시고, 여기서 죽을 운명이라면 칼이 부러지게 해주소서.'

유비가 간절히 기원한 뒤 칼을 들어 벼락같이 바위를 내리쳤다.

"얏!"

그 순간, 섬광이 일고 불똥이 튀면서 바위가 두 쪽으로 갈라졌다.

"허허, 하늘이 내 편이로구나."

칼에는 흠집 하나 나지 않았다. 마침 유비를 찾아 나섰던 손권이 그 모습을 보고 다가와 물었다.

"귀공은 이 돌에 원한이라도 있으십니까? 왜 멀쩡한 돌을 칼로 가르십니까?"

위기의 순간마다 유비는 임기응변에 강했다. 가진 것 없이 여기까지 오는 동안 그것마저 없었더라면 살아남지 못했을 것이다. 당황한 기색도 없이 유비가 웃으며 말했다.

"나도 어느새 쉰 살이 가까웠소이다. 그런데도 아직 역적 조조를 물리치지 못했습니다. 이런 지경에 태부인께서 사위로 삼아 주신다니, 동오와 저희가 힘을 합하면 역적을 물리칠 수 있지 않겠습니까? 그래서 검을 들고 하늘에 축원했습니다. 조조를 물리치고 한나라를 흥하게 할 수 있다면 바위가 동강 나게 해 달라고 말입니다."

그러나 손권은 눈치가 빨랐다. 둘러대는 것임을 알면서도 곧장 칼을 빼며 말했다.

"나도 한번 해보겠소이다. 만일 우리가 조조를 물리칠 수 있다면 돌이 두 쪽으로 갈라지게 하시옵소서!"

말은 그렇게 했지만 손권 역시 속으로는 딴마음을 품었다.

'내가 형주를 얻어 융성하게 된다면 돌이 두 쪽으로 갈라질 것이다.'

"이얏!"

손권이 칼을 내리치자 돌이 두 조각으로 갈라졌다.

"으하하하!"

"허허허허!"

감로사 뜰에는 지금도 십자 자국이 난 돌이 있다고 한다.

두 사람이 자리에 돌아와 다시 잔치를 이어 가는데 손건이 유비에게 눈짓을 했다. 일어나서 가자는 뜻이었다. 눈치를 챈 유비가 예를 갖추며 말했다.

"이제 저는 술을 못 이겨 가서 쉬어야겠습니다. 용서하소서!"

손권이 감로사 문밖까지 배웅을 나왔다. 두 사람은 절 앞에 서서 잠깐 경관을 감상했다. 유비가 넋을 잃은 듯 찬탄했다.

"아하, 참으로 천하제일의 강산입니다!"

그때 갑자기 강바람이 크게 일었다. 파도가 치고 집채 같은 물결이 넘실거리는데 조그만 배 한 척이 능숙하게 강물 위를 미끄러져 나아가는 모습이 보였다.

"아, 남쪽 사람들이 배를 잘 탄다더니 저 정도군요. 북쪽 사람은 말을 잘 타고 남쪽 사람들은 배를 잘 탄다던데, 과연 빈말이 아닙니다."

손권은 속으로 생각했다.

'이자의 말뜻을 뒤집어 보면 내가 말을 못 탄다고 비웃는 것인가?'

손권은 젊은 혈기에 점잖지 못하게 부하에게 명령을 내렸다.

"내가 유 황숙께 말 타는 솜씨를 보여줘야겠다. 말을 끌고 오너라."

손권이 말을 타고 한달음에 산 아래로 내려갔다가 질풍처럼 달려왔다.

"어떻소이까? 이래도 남쪽 사람들이 말을 못 탄다는 것이오?"

"대단한 솜씨입니다. 부끄럽지만 저도 한번 보여드리겠습니다."

유비도 말 잔등에 오르더니 날듯이 내려갔다 올라왔다. 두 사람의 말 타는 솜씨는 막상막하였다.

"으하하하, 역시 영웅호걸이시오!"

두 사람은 호탕하게 웃었다. 그 모습을 본 남서 백성들은 두 영웅을 칭송하지 않는 자가 없었다.

유비가 전에 없이 이런 모습을 연출한 것은 목적이 있었다. 자신이 손권과 함께 말을 타고 달린다는 것은 공식적으로 동오의 사위가 되었음을 널리 소문내기 위한 전략이었다.

역관에 돌아오자 손건이 유비에게 말했다.

"주공, 혼례를 빨리 치르시는 게 좋겠습니다. 시간을 끌다 안 좋은 일이 생길까 두렵습니다."

"그대 말이 맞다."

다음 날 유비가 교 국로를 찾아가 그런 속내를 내비쳤다.

"아시겠지만 이곳에는 저를 못 죽여 안달난 자들이 많습니다. 오래 머물러 이로울 것이 없다고 여겨집니다."

교 국로가 손사래를 쳤다.

"어허, 아닙니다. 걱정 마십시오. 태부인과 제가 보호해 드리지요. 제가 당장 말씀드리겠습니다."

교 국로가 당장 태부인을 찾아가 유비의 뜻을 전했다.

"유비가 두려워하고 있습니다. 주위 사람들이 자기를 죽이려 한다면서 어서 돌아가야겠다고만 하니 어쩌면 좋습니까?"

태부인은 이미 유비를 사윗감으로 점찍어 하루라도 더 데리고 있고 싶은 터라 펄쩍 뛰었다.

"누가 감히 내 사윗감을 해코지한단 말인가? 내가 당장 조치를 취하겠소."

태부인이 사람을 불러 명했다.

"황숙에게 가서 역관에 머물지 말고 서원으로 가 계시라 일러라."

그에 따라 유비는 조자룡과 함께 군사들을 이끌고 부중으로 들어갔다. 태부인의 보호 아래 들어간 것이다. 부중에서는 잔치가 벌어졌다. 유비는 이제 죽을 일은 없겠다는 생각에 한시름을 놓았다. 마침내 젊은 손 부인과 혼례도 치르고, 길고 성대한 잔치도 벌어졌다.[†]

첫날밤을 맞은 유비는 붉은 등촉이 늘어선 복도를 지나 신방으로 들어갔다. 그런데 신방에 온통 칼과 창이 가득했고, 신부를 모시는 시녀들까지 모창을 들고 도열해 있는 것이 아닌가.

정략결혼은 오래전부터 행해 온 결혼 형태야. 귀족이나 왕족들이 많이 해 온 풍습이지. 정략결혼을 하는 이유는 간단해. 가족 관계를 맺어서 이득을 취하기 위함이야. 국가 간의 평화를 조성하는 데 이보다 좋은 방식은 없지. 역사를 더듬어 보면 이런 정략결혼이 아주 많이 등장해.

"어이쿠!"

유비는 당황했다. 신부가 자기를 죽이려는 속셈이라 생각하지 않을 수 없었다. 얼굴빛이 변하자 옆에 있던 시비가 조용히 일러 주었다.

"걱정하지 마십시오. 공주님께서 원래 무술을 좋아하셔서 시비들에게도 늘 검술 훈련을 시킨답니다. 다른 뜻이 있는 것이 아니니 두려워 마십시오."

그런데도 유비는 두려웠다.

"칼은 원래 여자들이 갖고 노는 물건이 아닐뿐더러 내가 굉장히 불안하니 거두어 주시오."

그러자 시비가 손 부인에게 알렸다.

"서방님께서 병장기 때문에 두렵다 하십니다. 거두어 달라 하시는데 어쩔까요?"

손 부인이 웃으며 말했다.

"천하의 영웅호걸이시고 전쟁터에서 삶을 보내셨다 들었는데 병장기가 무섭단 말씀이시냐? 알았으니 모두 치우도록 하여라."

유비는 병장기를 모두 치우고 시비들이 칼을 푼 뒤에야 신방에 들어갔다. 신랑신부는 날이 새도록 정을 나누었다.

다음 날 유비는 시비들에게 비단과 금을 나누어 주어 그들의 마음을 샀다. 그리고 손건에게 명했다.

"혼례를 성공적으로 치렀다는 것을 형주에 알려라."

손건이 떠나자 유비는 그날부터 날마다 술을 마시며 즐겼다. 태부인은 새 사위 유비를 끔찍이 사랑했다. 하지만 손권은 이를 갈면서 이런 사실을 주유에게 알리도록 했다.

　소식을 들은 주유는 깜짝 놀랐다.

　"아니, 유비 이놈이 정말 장가를 들었단 말이냐?"

　"그렇습니다. 태부인께서 유비에게 푹 빠져 계십니다."

　사자가 전해 주는 말을 듣고 어쩔 줄 모르던 주유는 새로운 계책을 알리는 편지를 썼다.

　"이걸 빨리 주공에게 전해라."

　주유의 편지는 손권에게 전해졌다.

　주공, 저의 꾀는 목숨을 걸고도 갚지 못할 큰 실책이었습니다. 저의 계책이 이렇게 뒤집어질 줄은 꿈에도 몰랐습니다.

　이왕 이렇게 된 거 아예 다른 계책을 쓰겠습니다. 유비는 수하에 장수도 많고 지모가 뛰어난 제갈량 같은 자가 돕고 있어서 우리 밑에 있을 자가 아닙니다. 차라리 이렇게 된 바에는 유비를 오랫동안 붙잡아 두시지요. 궁실을 호화롭게 짓고 아름다운 여인들과 화려한 물건으로 그자의 눈과 귀를 즐겁게 하십시오. 그러다 보면 편안해져서 동생들을 멀리할 테고 나아가 의를 상하게 될 것입니다. 이들을 분리시켜 놓은 다음 군사를 일으켜 공격한다면 우리의 뜻을 이룰 수 있습니다.

　이제 유비를 놓아주시면 절대 안 됩니다. 한번 놓치면 다시는 잡을 수 없습니다. 주공께서는 널리 살피십시오.

　손권은 밀서를 책사 장소에게 보여주었다.

"주유의 계책이 이러하오. 그대가 보기에는 어떻소?"

"저와 같은 생각입니다."

"어째서 그렇소?"

"유비는 미천한 집안 출신입니다. 부귀영화라고는 누린 적이 없지요. 이럴 때 화려한 궁궐로 유혹하면 점점 동생들과 멀어지고 전쟁에 나가기 싫어질 것입니다. 그때 형주를 도모하면 됩니다."

"옳거니, 그렇게 하겠소."

손권은 즉시 명령을 내려 동쪽에 있는 부중을 수리하도록 했다. 넓은 뜰에 온갖 나무와 꽃을 심고 화려한 집기를 갖춰 주었다. 누이동생과 유비가 세상 돌아가는 물정을 모르고 행복하게 살 수 있게 만반의 뒷받침을 한 것이다. 게다가 온갖 즐거움을 맛보도록 아름다운 무희들과 비단, 금은보석을 듬뿍 내주었다.

그런 사실을 안 태부인은 무척 기뻐했다.

"우리 사위를 융숭히 대접해 주니 정말 기쁘구나."

유비는 처음 경험하는 호사에 세월 가는 줄 몰랐다. 풍류에 빠져 형주로 돌아갈 일은 까마득히 잊었다. 일이 이쯤 되자 조자룡도 덩달아 할 일이 없어졌다. 현덕의 부중 앞에 거처하면서 말타기나 활쏘기를 하며 시간을 보냈다.

그렇게 한 달 두 달, 세월이 지나고 해가 바뀔 무렵이었다. 조자룡은 문득 제갈공명이 준 비단 주머니 생각이 났다. 두 번째 비단 주머니는 한 해가 저물 무렵 열어 보라고 제갈공명이 말했었다.

"옳거니, 군사의 주머니를 열어 봐야겠다."

비단 주머니 안에 든 제갈공명의 계책은 정말 신묘했다. 조자룡은 즉시 유비를 찾아 부중으로 들어갔다.

"조자룡 장군께서 뵙기를 청합니다."

"들라 해라."

조자룡이 들어오자 유비가 물었다.

"어쩐 일인가, 조 장군?"

"주공께선 호사스러운 부중에 계시면서 형주는 생각지도 않으시는 겁니까?"

"왜 그러는 게냐? 형주에 무슨 일이라도 났느냐?"

"조조가 적벽의 한을 풀겠다고 오십만 군사를 이끌고 형주로 오고 있답니다. 형세가 긴박하니 빨리 돌아오시라고 군사께서 연락을 하셨습니다."

깜짝 놀란 유비가 말했다.

"그래? 당장 들어가서 부인과 상의해 보겠네."

조자룡이 다급하게 만류했다.

"의논하지 마십시오. 어찌 의논한다 하십니까? 당연히 안 보내 주실 겁니다. 즉시 떠나야 합니다. 지체하시면 나라를 잃습니다."

그러나 유비는 호사스러운 이곳을 떠나기 싫었다.

"알았다. 이만 물러가 있게."

"서두르셔야 합니다!"

조자룡은 몇 번이고 재촉한 뒤 물러났다.

유비는 내당으로 들어가 손 부인 앞에 앉자마자 눈물부터 쏟았다. 유비의 특기 중 하나는 감정 연기를 능수능란하게 한다는 점이다. 이는 난세를 살아가기 위해 터득한 지혜 가운데 하나였다.

손 부인이 깜짝 놀라 물었다.

"서방님, 무슨 일로 눈물을 보이십니까? 보고 있는 소첩의 마음이 찢어집니다."

"부인, 나는 그동안 풍찬노숙†하느라 부모님도 제대로 받들어 모시지 못했고, 조상 제사도 못 올렸소이다. 이런 불효자가 한 해가 저물어 가니 너무나 비감하오."

"서방님, 저를 속이지 마세요. 저는 이미 다 들었습니다. 조자룡 장군이 형주가 위급하다고 말하지 않았습니까?"

유비는 손 부인 앞에 무릎을 꿇으며 간절한 얼굴로 말했다.

"부인이 알고 있다니 다 털어놓겠소. 내가 돌아가지 않으면 형주를 잃을 것이오. 그렇게 되면 사람들이 나를 비웃을 것이고, 형주로 돌아가고자 하니……."

"돌아가시면 되지 않습니까?"

"부인을 잃을 것 아니오. 어떡해야 좋을지 모르겠소."

손 부인이 결연한 표정으로 말했다.

"소첩은 이미 서방님의 사람입니다. 가시는 곳이 어디든 저는 따라갈 것입니다. 걱정하지 마십시오."

"부인의 마음은 감사하오. 그러나 태부인과 오후께서 허락할 리가 없지 않소? 그러니 부인, 이 유비를 불쌍히 여기고 서방이라 생각한다면 잠시 헤어지더라도 참아 주시오."

유비가 눈물을 흘리며 애통해하자 손 부인이 말했다.

"슬퍼하지 마십시오. 어머님께 말씀드리면 같이 가라고 허락하실 겁니다."

"태부인께서야 허락하실지 모르지만 오후가 보내 줄 리 없지 않소. 우리를 막아설 것이고 나를 죽일지도 모르오."

그 말이 맞는다고 생각했는지 손 부인이 잠시 궁리하더니 말했다.

"좋은 방법이 있습니다. 정월 초하룻날 어머님께 세배를 드릴 때 강변에 나가겠다고 청하면 됩니다."

"강변에 어찌 나간단 말이오?"

"강변에 나가 조상님께 제를 올리겠다고 핑계를 댄 뒤 도망치시지요."

그럴듯한 꾀였다.

"그렇게만 해준다면 은혜를 잊지 않겠소. 단이 계획은 아무도 몰라야 합니다."

"염려 붙들어 매십시오. 제가 어김없이 시행하겠습니다."

유비는 조용히 조자룡에게 이런 사실을 알렸고, 그대로 준비했다.

드디어 해가 바뀌어 건안 15년(210) 정월 초

풍찬노숙(風餐露宿)은 바람과 이슬을 맞으며 한데서 먹고 잠잔다는 뜻이야. 모진 고생 또는 객지에서 겪는 고생을 이르는 말이지. 오늘날로 치면 노숙자나 마찬가지로 힘들고 어려운 생활을 뜻하는 말이야.

하루가 되었다. 동오의 제후인 손권이 문무백관을 당상에 불러 잔치를 크게 열었다. 유비는 손 부인과 함께 태부인께 새해 문안 인사를 올렸다. 그 자리에서 손 부인이 태부인에게 말했다.

"어머니, 지아비 부모와 종조의 묘소가 모두 탁군에 있다 하옵니다. 제사를 올리지 못한 것을 늘 마음 아파하니 오늘 강변에라도 나가 북쪽 하늘을 향해 망제를 올릴 수 있게 허락해 주십시오."

태부인이 고개를 끄덕였다.

"효를 행하자는데 누가 따르지 않겠느냐? 너 역시 시부모를 뵙지는 못했지만 지아비와 함께 가서 제사를 지내도록 하여라. 그것은 인륜도 덕이라 백성들도 보고 칭찬할 것이다."

마침내 손 부인은 태부인에게 예를 갖추고 부중에서 빠져나왔다. 도망치는 길이라 몸에 지닐 수 있는 귀중품만 챙겨 수레에 올랐고, 유비도 종자 두어 명만 데리고 빠져나왔다. 성 밖으로 황급히 달려 나오자 조자룡이 관도에서 기다리고 있었다. 유비는 오백 군사의 호위를 받으며 남서를 떠나 형주를 향해 고삐를 잡아챘다. 그 시각, 손권은 몹시 취해 기분 좋게 후당으로 들어갔고, 문무백관들도 흩어졌다. 관원들도 유비가 사라진 것을 해가 떨어진 뒤에야 알았다.

"주공, 유비와 손 부인께서 도망을 쳤습니다!"

"무엇이라고?"

깊은 잠에 곯아떨어졌다 깨어난 손권은 긴급히 신하들을 불러 논의했다. 장소가 나서서 말했다.

"유비를 형주로 보냈다간 큰 화를 겪습니다. 뒤쫓아야 합니다."

손권은 곧 진무와 반장에게 오백 명의 군사를 내주며 명령했다.

"밤낮을 가리지 말고 쫓아가 유비를 잡아와라!"

군사들이 떠났지만 손권은 분하고 원통해 견딜 수가 없었다. 계책이 모두 어그러졌기 때문이다. 책상 위에 있던 애꿎은 옥벼루만 박살나고 말았다. 이때 정보가 말했다.

"주공, 진무와 반장은 유비를 잡아오지 못합니다."

"무슨 소리냐? 어찌하여 장수들이 내 명령을 어기겠느냐?"

"손 부인께서는 어렸을 때부터 무술을 좋아하셨습니다. 장수들도 감히 그분을 건드리지 못했지요. 유비와 한마음이 되어 도망치는 지금 군사들이 어떻게 손을 쓸 수 있겠습니까? 야단이나 맞지 않고 돌아오면 다행일 것입니다."

"용서할 수 없다. 당장 장흠과 주태를 불러라!"

장흠과 주태가 들어오자 손권이 직접 차고 있던 칼을 풀어 주었다.

"이 칼을 가지고 유비를 쫓아가라. 내 누이가 저항하거든 목을 베어라. 영을 어기는 자는 참할 것이다!"

장흠과 주태는 천 명의 군사를 이끌고 후발대로 달려 나갔다.

이때 유비는 죽기 살기로 말 잔등에 채찍을 가해 호랑이 입에서 빠져나가는 중이었다. 그날 밤은 길에서 잠깐 쉰 뒤 날이 밝기도 전에 다시 출발했다. 시상군의 경계에 이르렀을 때 추격대가 쫓아온다는 보고를 듣고 조자룡이 나섰다.

"제가 막겠습니다. 주공, 어서 달려가십시오!"

그때 앞에서 한 떼의 군사들이 나타났다.

"유비는 당장 말에서 내려라! 우리는 주 도독의 명을 받고 기다리던 군사들이다."

역시 주유는 주유였다. 유비가 도망칠 것을 알고 서성과 정봉을 보내 미리 군사를 배치해 둔 것이다.

"앞에서 막고 뒤에서 쫓아오니 도망갈 길이 없구나. 어쩌면 좋으냐?"

조자룡이 침착하게 말했다.

"걱정 마십시오. 저에게 비단 주머니 하나가 남아 있습니다. 두 개를 열어 이미 효험을 보았고, 세 번째 것을 열어 보겠습니다."

조자룡이 비단 주머니를 열어 쪽지를 읽었다. 그 내용을 듣고 유비가 황급히 손 부인의 수레로 가서 눈물을 흘렸다.

"부인, 내가 이제부터 진짜 속마음을 털어놓을 것이오. 들어주시오."

"무슨 말씀이신지 해보십시오."

"부인과 나의 혼인은 사실 주유의 계책이었소. 동오에 와서 부인에게 장가를 들게 하면서 나를 죽이려 했던 것이오."

손 부인은 망치로 머리를 맞은 듯한 충격을 받았지만 여장부답게 내색하지 않았다.

"계속하시지요."

"부인을 위한 것이 아니라 오로지 나를 잡기 위한 계책이었단 말이지요. 나를 잡아야 형주를 손에 넣기 때문이오. 부인은 향기로운 미끼에 불과했던 것이오. 내가 주유의 속셈을 알면서도 동오에 온 까닭은 부인이 장군의 기백이 있어서 나를 구할 수 있을 거라 생각했기 때문이오."

"그래서요?"

"형주가 위급하다고 한 것은 오후가 나를 죽이려 한다는 말을 듣고 급히 꾸며 댄 핑계요. 천만다행으로 부인께서 나와 운명을 같이하겠다고 하니 그 마음은 가슴 깊이 새길 것이오. 그런데 지금 오후가 군사들을 보냈고 주유는 앞길을 막고 있소. 부인이 살려 주지 않으면 나는 죽을 수밖에 없소이다. 이 사람의 청을 들어주지 않으면 나는 차라리 목숨을 끊겠소!"

유비가 칼을 꺼내려 하자 손 부인이 깜짝 놀라 말했다.

"오라버니가 나를 골육을 나눈 형제라 여기지 않는다면 나 역시 오라버니를 버리겠습니다. 서방님, 걱정 마세요. 제가 풀어 드리지요."

손 부인은 수레를 몰고 앞으로 나섰다. 서성과 정봉이 검을 빼들고 기세 좋게 막아섰다. 그러자 손 부인이 준엄하게 꾸짖었다.

"너희 두 놈이 반역을 저지를 셈이냐?"

"아닙니다. 저희는 도독의 명령을 받고 이곳에 왔습니다. 유비를 잡으려 할 뿐입니다."

"주유 이놈이 우리가 서운하게 대우한 적이 없는데 어찌 이럴 수가 있단 말이냐? 유 황숙은 내 부군이시다. 정식 혼례를 올리고 형주로 돌아가는데, 네놈들이 어찌해 우리를 막는단 말이냐? 우리 재물이라도 탐낸 것이냐?"

서성과 정봉이 쩔쩔맸다.

"그게 아닙니다. 노여움을 푸십시오. 저희들은 도독의 명을 따를 뿐입니다."

"그래? 그럼 너희들은 주유의 명은 따르고 내 명은 따르지 않겠다는 것이냐? 내가 주유의 목을 못 벨 것 같으냐?"

그 말도 맞는 말이었다. 서성과 정봉이 우물쭈물하는 틈을 타서 손 부인이 명령했다.

"어서 가자!"

수레가 움직이기 시작했다. 서성과 정봉은 손 부인의 명령을 어길 수 없었다. 게다가 손 부인의 수레 뒤에서 살기등등한 조자룡이 쳐다보고 있지 않은가.

"뭣들 하느냐? 비켜 드려라!"

서성과 정봉이 군사들을 꾸짖어 길을 열어 주자, 유비 일행이 재빨리 그곳을 빠져나갔다.

유비가 떠나간 뒤 얼마쯤 지나자 진무와 반장이 도착했다. 그들은 서성과 정봉에게 자초지종을 듣고 나서 말했다.

"그대들이 단단히 실수한 것이오. 우리는 오후의 명을 받았소. 주공께서 죽여서라도 잡아 오라 했으니 같이 잡으러 갑시다."

네 장수는 군사들을 이끌고 유비를 쫓아 말을 달렸다. 유비는 정신없이 도망가다가 등 뒤에서 다시 군사들이 쫓아온다는 보고를 받고 손 부인에게 하소연했다.

"또 추격대가 쫓아온답니다. 부인, 어찌하면 좋소?"

"서방님께서 먼저 가세요. 조 장군과 제가 뒤를 막겠습니다."

유비는 삼백 명의 군사를 이끌고 먼저 강변을 향해 달렸다. 조자룡은 손 부인의 수레 옆에서 손권의 군사들이 오기를 기다렸다.

이윽고 네 장수가 달려왔다. 그들은 손 부인의 노기 띤 얼굴을 마주

하자 황망히 말에서 내려 예를 갖추었다.

"진 장군과 반 장군은 무슨 일로 예까지 왔는가?"

"주공께서 모셔 오라 명령하셨습니다."

"이런 못된 놈들 같으니! 너희가 우리 남매를 이간질하려 드는구나. 나는 유 황숙의 아내로서 도망가는 것이 아니라 어머님의 허락을 받고 가는 길이다. 오라버니도 예의를 갖춰 우리를 보내는 것이 당연하거늘, 어찌 너희 따위 장수들이 나를 위협하느냐? 이는 분명히 나를 해치려는 속셈이 아니고 뭐란 말이냐?"

네 장수는 어쩔 줄 몰랐다. 그들은 무장일 뿐 논리적으로 손 부인을 당할 길이 없었다. 네 장수는 각자 생각했다. 태부인과 손 부인에게 죄를 지을 수도 없고, 오후의 명이라 해도 어차피 오후는 태부인의 뜻을 따를 터였다. 게다가 자칫 잘못하면 조자룡에게 칼부림을 당할 판이라 슬금슬금 뒤로 물러났다. 장수들이 쫓아올 뜻이 없음을 알고 손 부인이 재빨리 명했다.

"뭣들 하느냐? 어서 가자!"

손 부인의 수레가 멀리 사라졌다.

서성이 장수들에게 말했다.

"우리 힘으로는 어쩔 수가 없구려. 주 도독에게 사실을 알립시다."

네 장수가 길을 되짚어 돌아가는데 한 떼의 군사들이 달려왔다. 장흠과 주태였다.

"그대들은 유비를 보았는가?"

"잡았다 놓쳤습니다. 반나절 전에 지나갔습니다."

"어찌하여 붙잡지 않았단 말인가?"

네 장수가 번갈아 가며 잡을 수 없었던 사정을 늘어놓았다.

장흠이 큰 소리로 화를 냈다.

"이럴 줄 알고 주공께서 보검을 내리셨다. 이걸로 손 부인을 죽이고 유비까지도 목을 베어 오라고 하셨다. 영을 어기는 자는 참수를 당할 것이다."

네 장수는 이러지도 저러지도 못했다.

"유비가 벌써 멀리 도망갔을 텐데 어쩌면 좋겠소? 떠난 지 한참 되는데 어떻게 쫓아갑니까?"

장흠이 말했다.

"유비의 군사들은 보병이라 멀리 못 갔을 것이다. 서성과 정봉은 도독에게 가서 빠른 배를 타고 수로로 쫓아오도록 말씀드려라. 우리는 지름길로 쫓아갈 것이다. 누구든지 먼저 유비를 발견하면 목을 베어라!"

그들은 다시 추격대를 꾸려 유비를 쫓았다.

유비는 마침내 유랑포에 도착했다. 그런데 강을 건너려 했지만 배가 보이지 않았다. 유비가 고개를 떨구자 조자룡이 말했다.

"주공, 형주를 눈앞에 두고 있습니다."

"하지만 배가 없지 않으냐?"

"근심하지 마십시오. 군사께서 방책을 마련하셨을 겁니다."

유비가 눈물을 흘렸다.

"아, 내가 어리석었어. 주지육림†에 빠져 이런 지경을 만들다니. 여자에게 빠져 천하를 호령하려던 경륜을 잃어버렸도다."

유비는 조자룡에게 적당한 배를 찾아보라고 일렀다. 하지만 배를 찾기도 전에 추격대가 쫓아오는 것이 보였다.

"아, 우리 군사들은 지쳤는데 추격대가 눈앞까지 쫓아왔구나. 이제 나는 아무것도 못 이루고 죽겠구나."

추격대의 함성이 점점 커져 갈 때였다. 갑자기 강에 돛단배 스무 척이 나타났다. 배들이 언덕에 닿자 조자룡이 말했다.

"배가 왔습니다. 주공, 강을 건너시지요."

유비는 손 부인과 함께 먼저 배에 오르고 군사 오백 명도 일제히 배에 올랐다. 그러자 도복 차림을 한 반가운 얼굴이 모습을 드러냈다.

"주공, 군사가 예서 기다린 지 오래입니다."

제갈공명이었다. 장사꾼처럼 꾸몄던 배 위의 사람들은 모두 형주의 군사들이었다.

"오, 군사! 그대의 지략은 정말이지 놀라지 않을 수 없소."

유비가 기뻐하며 안도의 숨을 내쉴 때 동오의 장수들이 강가에 도착했다. 제갈공명이 그

주지육림(酒池肉林)은 중국 은나라의 마지막 왕이었던 주왕의 고사에서 나온 말이야. 폭군의 대명사였던 주왕은 술과 여자를 좋아했어. 그는 모래언덕에 놀이터와 별궁을 짓고 많은 들짐승과 새들을 놓아 길렀지. 그러면서 술로 못을 만들고 고기를 달아 숲을 만들어 밤낮없이 술을 퍼 마시며 즐겼단다. 여기서 연유한 말로 호사스러운 술잔치를 뜻해.

들을 바라보며 웃었다.

"하하하, 모든 것이 내 계획대로 이루어졌다. 너희들은 돌아가 주유에게 미인계 따위는 다시 쓰지 말라고 전해라!"

"에잇, 활을 쏴라!"

적장들이 소나기처럼 화살을 퍼부었다. 하지만 배는 이미 사정거리를 벗어났다. 유비와 제갈공명은 유유히 배를 타고 나아갔다.

그때 문득 강물 위에 함성이 울렸다. 놀랍게도 주유가 군사들을 이끌고 달려온 것이다. 황개와 한당이 호위했는데 배의 속도가 별똥별처럼 빨랐다. 제갈공명이 명령했다.

"북쪽을 향해 노를 저어라!"

제갈공명은 황급히 배를 몰아 북쪽 언덕에 닿았다. 군사들은 대기하던 말과 수레에 올라 형주를 향해 내달렸다. 뒤따라온 주유 역시 강가에 내려 유비 일행을 쫓았다. 그러나 그들은 배를 타고 온 수군이라 육지에서는 한낱 보병일 뿐 말 탄 군사는 얼마 되지 않았다. 주유가 황개와 한당, 서성, 정봉을 이끌고 유비를 쫓아가며 물었다.

"여기가 어디냐?"

"저쪽이 형주입니다."

"좀 더 빨리 쫓아가 유비를 잡아야 한다."

주유가 군사를 재촉하는데 맞은편 골짜기에서 북소리가 울리며 군사들이 쏟아져 나왔다. 선봉에 선 자는 붉은 얼굴에 긴 수염을 휘날리는 관우였다. 더 추격한다는 것은 무의미했다.

동오의 군사들은 발걸음을 돌려 후퇴했다. 이를 본 관우가 청룡도를 꼬나들고 쫓아왔다.

"주유는 게 섰거라!"

주유는 황급히 도망쳐 겨우 배에 올랐다. 동오의 군사들도 강가에 대놓았던 배로 뛰어오르느라 아수라장을 연출했다. 기세를 올리며 쫓아온 황충과 위연이 미처 배에 오르지 못한 동오의 군사들을 짓밟았다.

"어서 배를 띄워라!"

주유가 간신히 배를 띄워 도망치자 언덕 위에 올라온 형주의 군사들이 일제히 욕설을 퍼부었다.

"멍텅구리 주유야, 네 꾀가 최고인 줄 알았더냐? 어쩌면 좋으냐? 손부인도 잃고 군사들도 잃었구나, 으하하하!"

화가 치솟은 주유가 명령을 내렸다.

"배를 돌려라! 저자들을 가만두지 않겠다. 당장 결딴낼 것이다!"

부하 장수들이 흥분한 주유를 말렸다.

"도독, 진정하십시오!"

"으흐흑, 내 계책이 모두 실패하고 말았구나! 이런 꼴로 어찌 돌아가 주공을 뵙는단 말인가? 으아아아, 하늘이시여!"

외마디 비명을 지르는 순간, 아물어 가던 상처가 그예 터지고 말았다. 주유는 피를 뿜으며 쓰러져 정신을 잃었다. 계교라고 세울 때마다 제갈공명의 벽을 넘지 못해 분통이 터지고 창피한 마음에 상처가 덧난 것이다. 주유의 목숨은 장담할 수 없는 지경으로 빠져들었다.

6
주유 대신 방통

사지에서 빠져나온 유비와 손 부인은 산기슭으로 올라갔다. 주유를 비롯해 정신 못 차리고 도망가는 동오의 군사들이 눈에 들어왔다. 안전한 곳에서 내려다보는 구경거리로는 이만한 것이 없었다. 천하의 주유가 정신없이 도망가는 모습을 보고 유비가 안도의 한숨을 내쉬었다.

"휴, 살았구나!"

이때 주유는 제갈공명이 미리 매복해 놓은 관우와 황충, 위연의 군사들에게 쫓겨 한 치 앞을 내다볼 수 없는 상황이었다. 배에 올라 뒤도 안보고 도망쳤지만 이미 많은 군사를 잃은 상태였다. 게다가 더욱 화가 치밀었던 까닭은 유비와 손 부인이 쫓겨 가는 자기를 내려다보고 있었기 때문이다.

"어서 추격하자!"

쫓아가려는 부하들에게 제갈공명이 말했다.

"내버려 두어라! 굳이 쫓을 필요 없다."

유비 일행은 형주로 돌아와 왁자하게 승리를 자축했다. 새신랑 유비는 더욱 기뻤다. 제갈공명의 놀라운 통찰력으로 사지에 들어갔다가 무사히 살아 나왔을 뿐 아니라 젊은 아내까지 데리고 오지 않았는가. 유비는 이 모든 공을 제갈공명에게 돌렸다. 제갈공명이 그토록 확신에 차서 권하지 않았던들 얻을 수 없는 복이었다. 이 일로 유비는 더욱 분별력을 갖게 되고 이해심도 깊어졌으며, 사람에 대한 연민의 정 또한 깊이 쌓여 갔다. 그리고 제갈공명과의 관계는 더욱 듬직하고 믿음직해졌으며, 그것을 바탕으로 함께 미래를 꿈꿀 수 있었다.

한편, 손권은 유비 포획에 실패했다는 보고를 받고 불같이 화를 냈다.

"제장들이 그까짓 생쥐 한 마리 못 잡고 헛수고했다는 것이냐? 에잇, 내가 직접 나설 것이다!"

손권은 앓아누운 주유 대신 정보를 도독으로 임명하고 형주를 치려 했다. 그러자 장소가 나서서 말렸다.

"주공, 지금 북쪽의 조조가 적벽의 한을 풀려고 호시탐탐 저희를 노리고 있습니다. 그런데도 섣불리 군사를 일으키지 않는 까닭은 우리 동오와 유비가 힘을 합쳤다고 보기 때문입니다. 만일 가벼운 노여움으로 형주를 치면 조조가 둘이 분열되었다고 여기고 기회를 엿볼 것입니다.

자중하셔야 합니다!"

"그럼 그저 넋 놓고 바라만 보란 말이냐?"

"제 생각에 이럴 때는 차라리 유화책을 쓰는 편이 낫습니다. 사신을 허도로 보내 유비를 형주 목사로 추천하는 것이지요. 그러면 조조는 두 집안이 화목하다 여겨 군사를 일으킬 생각을 못 할 것입니다. 물론 그리 되면 유비는 은혜를 입었다 생각해 오늘의 일을 원망하지 않을 터이고, 그렇게 시간을 번 다음에 반간계†를 쓰는 것이 좋을 듯합니다. 조조와 유비를 싸우게 하면서 우리는 그 틈을 노리는 것입니다."

"듣고 보니 그대의 말이 옳다. 그럼 누구를 허도로 보낼꼬?"

고옹이 대답했다.

"조조가 평소에 높이 평가하는 사람을 보내야 합니다. 화흠이 어떻겠습니까?"

"화흠! 아주 좋다."

손권은 당장 유비를 형주 목사로 천거하는 서신을 써서 화흠에게 전했다. 화흠은 곧장 허도로 향했다.

조조는 적벽에서 대패한 뒤 힘을 기르기 위해 물러앉아 휴식을 취하느라 허도에 없었다. 그 무렵 동작대를 완성하여 군사들을 업군에 모아 놓고 낙성식을 거행했다. 동작대의 아름다움과 화려함은 타의 추종을 불허했다. 조조는 문무백관을 모아 놓고 잔치를 벌였다.

이날 조조의 오만함은 극에 달했다. 머리에 금관을 쓰고 녹색 비단 도포를 걸친 뒤 옥대를 두르고 단상에 올라앉아 있었다. 문무백관들은 등

급에 따라 자리를 잡았다. 조조는 부하 장수들에게 활 솜씨를 겨루게 하면서 희희낙락했다.

장수들이 나서서 활솜씨를 겨루며 상품으로 내건 황금 전포를 받기 위해 서로 엎치락뒤치락했다. 조휴, 문빙, 조홍, 장합 등 내로라하는 장수들이 활을 쏘면서 솜씨를 자랑했다. 최종적으로 하후연이 말을 달려 신속하게 몸을 돌리며 활을 쏘았다. 화살이 과녁의 중앙에 꽂히자 북과 징을 울리며 축하했다. 하후연이 큰 소리로 외쳤다.

"금포는 내 것이다!"

그러자 서황이 나섰다.

"아직 이르다. 금포를 내놓아라!"

서황이 활을 쏘아 금포가 걸려 있는 나뭇가지를 맞혔다. 가지가 부러지며 금포가 아래로 떨어지자 바람처럼 달려가 땅에 닿기 전에 낚아채 어깨에 걸쳤다.

그러자 또 다른 장수가 나섰다.

"금포는 내 것이다. 이리 내놓아라."

허저가 달려 나와 우격다짐으로 금포를 잡아당겼다. 그 와중에 금포가 찢어졌다. 무인은 역시 무인이었다. 승부에서는 절대 양보하지

반간계는 적의 간첩을 거꾸로 이용하는 계책이야. 계략을 써서 적을 이간질하는 계책을 이르기도 하지. 적의 첩자를 포섭하여 아군의 첩자로 이용하거나, 적의 첩자인 줄 알면서도 모르는 척하며 거짓 정보를 흘려 적을 속이는 계책을 뜻해.

않을 기세였다. 이를 본 조조가 웃으며 말했다.

"나는 그대들의 활솜씨를 보고자 했을 뿐이다. 그까짓 금포 한 벌 가지고 뭐 그리 다투느냐? 모두 다 선물을 주겠노라."

조조가 촉에서 나는 최고급 비단을 한 필씩 선물하자 제장들이 너나 없이 기뻐했다. 조조가 웃으며 말했다.

"자, 무장들의 솜씨는 잘 보았다. 이제 동작대에 오른 김에 문관들은 아름다운 문장을 지어 기념토록 하자."

"좋습니다!"

글이라면 빠지지 않는 왕랑†, 종요†, 왕찬†, 진림 같은 이들이 시를 지어 바쳤다. 물론 눈 뜨고 볼 수 없고 귀 열고 듣기 민망한, 조조에게 충성을 바치는 낯 뜨거운 내용들이었다. 조조를 찬양하며 하늘의 뜻을 받들어야 마땅하다는 속이 빤히 보이는 것들이 대다수였다. 하지만 조조는 간교하게 자신의 속셈을 숨겼다.

"그대들이 지나치게 나를 추켜세웠소. 나는 원래 보잘것없는 사람으로 효렴으로 천거 받은 선비였다오."

조조는 자신이 효렴(충성스럽고 청렴한 사람에게 벼슬을 주는 제도)을 통해 나온 선비임을 강조하며 말을 이어 나갔다.

"그런데 천하가 어두워 결국 세상에 나오게 되었소. 나라를 위해 도적을 토벌하여 공을 세우고 죽는 것이 나의 꿈이오. 내 무덤에는 그저 '한 나라 고 정서장군 조후지묘'라는 묘비만 세우면 소원을 다 이룬 것이오. 내가 그동안 동탁과 원술과 여포를 없앴고, 원소를 멸하고 유표의 형주마저 쓸어 마침내 천하를 평정하고 재상에 올랐는데, 만일 내가 없었더라면 수많은 도적놈들이 황제를 참칭하면서 나섰을 것 아니겠소? 이중에 혹시 내가 황제에 오르려 하지 않나 의심하는 자가 있을지 모르지만 그건 큰 착각이오. 나는 한시도 그런 생각을 품은 적이 없소. 병권을 내놓고 무평후로 돌아가지 못하는 것은 그랬을 때 나를 해치려는 자가 있을까 두려워하기 때문이오. 그렇게 되면 나라가 어지러워질 것이니, 실리적으로 따질 때 헛된 명예를 위해 화를 당할 수는 없소. 이런 마음을 그대들이 알아주면 좋겠소."

한마디로 자신은 마음을 이미 비웠고, 초야로 돌아가고 싶지만 병권을 내놨을 때 닥칠 위험 때문에 권력을 쥐고 있다는 궤변이었다.

그러자 관원들이 일제히 조조를 칭송했다.

"과거의 이윤과 주공도 승상을 따라갈 수는 없사옵니다!"

"하하하하!"

조조는 기뻐하며 술을 몇 잔 기울였다. 그리고 시를 짓겠노라고 먹을 듬뿍 묻혀 붓을 들었을 때였다. 수하 측근이 다가와 아뢰었다.

"승상, 동오에서 사신이 도착했습니다."

"누가 와?"

왕랑은 헌제 때 회계 태수였고 손책에게 패한 적이 있다고 해. 훗날 조조에게 귀순하여 벼슬을 이어 갔어.

～

종요는 붓글씨를 잘 썼어. 예서와 해서에 특히 뛰어나 송대의 서예가들에게까지 큰 영향을 미쳤지. 예서에서 해서로 발전해 가는 새로운 시대를 개척해 왕희지와 더불어 종왕으로 불리기도 했단다. 서진·남북조를 거쳐 당·송대에 이르기까지 서예계의 최고 본보기로 추앙받았어.

～

왕찬은 후한 말의 문학가로 어려서부터 재주가 뛰어나 채옹이 주목했다고 해. 천하가 몹시 어지러워지자 형주의 유표에게 의탁했다가 유종이 자리를 계승하자 조조 밑으로 들어가 관내후 벼슬을 받은 인물이야.

"동오에서 화흠이라는 자가 표문을 들고 왔습니다. 유비를 형주 목사로 제수해 달라는 내용입니다. 그리고 그사이에 손권이 누이동생을 유비에게 시집보내 사돈지간이 되었고, 형주의 아홉 군은 유비가 차지했다고 합니다."

"뭣이?"

조조는 깜짝 놀라 붓을 내동댕이쳤다. 흥분한 마음에 손이 부들부들 떨렸다. 그 모습을 본 모사 정욱이 물었다.

"승상, 어찌하여 그만한 소식에 놀라십니까? 화살과 돌덩이가 빗발치듯 날아다녀도 눈썹 하나 까딱하지 않던 승상이 아니십니까?"

"아, 드디어 용이 바다로 들어갔구나. 유비는 용과 같은 자인데 평생 물을 못 만나 시달렸다. 이제 바다로 들어갔으니 내 어찌 근심 걱정이 안 생기겠느냐?"

정욱이 다시 물었다.

"승상, 화흠이 온 까닭을 아십니까?"

"뭣 때문에 왔느냐?"

"손권의 본심은 유비를 당장 갈아 마셔도 시원치 않을 것입니다. 하지만 저들끼리 싸우면 승상께서 쳐들어올까 염려해 화흠을 보낸 것입니다. 유비를 안심시키고 자기들끼리 화목하다는 것을 보여주어 승상께서 강동을 넘보지 못하게 하려는 술책입니다."

"옳거니! 그럼 어찌하면 좋겠는가?"

정욱이 꾀를 냈다.

"궁극적으로는 두 집안을 싸우게 하셔야 합니다. 싸워야만 중간에서 무언가 얻을 수 있습니다. 대책은 바로 주유를 제거하는 것입니다."

"주유?"

"그렇습니다. 동오에는 믿을 만한 장수가 주유밖에 없으니 주유를 남군 태수로 제수하시고, 정보를 강하 태수로 삼으십시오. 화흠은 돌려보내지 말고 조정에서 벼슬을 주는 것이 좋겠습니다. 그렇게 하면 주유는 남군을 찾으려고 유비와 원수가 될 것입니다. 그때 일을 도모하시지요."

"그대의 꾀가 아주 좋도다."

조조가 고개를 끄덕이고 화흠을 불러들여 대리소경†으로 삼아 허도에 머무르게 했다.

조조의 청에 따라 얼마 후 황제의 칙사가 주유와 정보를 찾아가 벼슬을 내렸다. 조정의 명을 받았으니 주유와 정보는 임지로 떠나야 했다. 주유는 전혀 기뻐하지 않았다.

"나에게 남군 태수를 내린 것은 영광이지만 남군을 유비가 다 차지하고 있으니 이름뿐인 태수 아니더냐?"

주유는 화가 나서 손권에게 글을 올려 하루 빨리 노숙을 보내 형주를 돌려받으라고 재촉

화흠은 어려서 병원, 관녕 등과 친구였어. 당시 사람들은 이 세 사람을 한 마리의 용이라 일컬었어. 그 가운데 화흠을 '용머리'로 불렀지. 한나라 헌제 초년에 예장 태수를 지냈는데, 손책이 강동을 공략할 때 환영하며 투항했어.

정사의 '화흠전'에 따르면 화흠은 조조와 교류하면서 의랑과 참군이란 벼슬을 받았어. 그러면서 동오로 돌아가지 못하고 조조 밑에서 벼슬을 이어 나갔지. 하지만 대리소경을 지낸 적은 없다고 해. 이 벼슬을 지낸 사람은 종요였으니, 화흠을 대리소경으로 삼았다는 기술은 허구임을 알 수 있지.

했다. 손권은 노숙을 불러 상의했다.

"그대가 보증을 서서 유비에게 형주를 빌려주었는데 이제 돌려받아야 하지 않겠는가?"

"문서에는 분명히 서천(사천성 대부분의 지역)을 얻는 대로 형주를 돌려준다 했습니다."

"그 말만 믿고 언제까지 기다려야 한단 말이오? 유비가 도무지 군사를 움직일 생각을 않잖소. 늙어 죽을 때까지 기다리기만 해야 하오?"

"제가 가서 따지겠습니다."

노숙은 자신의 책임도 있는 터라 직접 배를 타고 형주로 건너갔다.

이때 유비는 군량을 모으고 군사들을 훈련시켜 군세를 키우고 있었다. 게다가 어진 선비를 잘 대해 준다는 소문을 듣고 사람들이 꾸역꾸역 모여들어 세력이 어느 때보다 강력했다.

노숙이 찾아왔다는 말을 듣고 유비가 제갈공명에게 물었다.

"무슨 꾀를 갖고 찾아온 것일까요?"

"걱정하지 마십시오. 조조가 주유를 남군 태수로 봉해 찾아온 것일 겁니다. 형주를 내놓으라는 계략일 테니, 주공께서는 그 얘기가 나오면 통곡만 하시면 됩니다."

"통곡을 하라고요?"

"예, 그때 제가 나서서 해결하겠습니다."

유비는 제갈공명의 말만 듣고 노숙을 만났다.

"먼 길 오느라 고생이 많으셨소. 이리 와 앉으시오."

유비가 앉으라고 하자 노숙이 사양했다.

"이제 예전과 달라서 제가 곁에 앉을 수가 없습니다."

"그게 무슨 말씀이시오?"

"황숙께서는 동오의 사위가 아니십니까? 주공의 인척이십니다. 제가 어찌 감히 마주 앉겠습니까?"

"허허, 공연한 말씀이오. 그대와 나는 친구잖소. 그런 격식 따위는 집어치우고 나와 함께 앉읍시다."

노숙이 그제야 자리에 앉아 차를 마시며 이야기를 나누었다.

"드릴 말씀은 드려야겠습니다. 여러 번 말씀드렸지만 아직까지도 형주를 돌려주지 않으시니 어찌 된 일입니까? 혼사까지 맺으셨는데 하루빨리 형주를 돌려주셔야 하지 않겠습니까?"

노숙이 말을 맺자 유비가 갑자기 두 손으로 얼굴을 감싸고 통곡했다.

"으ㅎㅎ흑!"

"황숙, 어인 통곡이십니까?"

"으ㅎㅎ흑!"

통곡 소리가 울리자 제갈공명이 쫓아 들어왔다.

"아니, 어찌하여 주공의 마음을 아프게 한 것이오?"

제갈공명이 다짜고짜 노숙을 책망했다.

"까닭을 모르겠습니다. 그저 약속을 지키시라고 했을 뿐입니다."

제갈공명이 차분히 이치를 따졌다.

"주공께서 약속한 것은 사실입니다. 그런데 익주의 유장이 누굽니까? 황실의 종친으로 주공의 아우입니다. 그 사람의 성을 빼앗는다면 천하가 주공을 손가락질할 것입니다. 그렇다고 가만있자니 형주를 동오에

반환해야 하는 처지라 이러지도 저러지도 못하는 것입니다. 그러니 슬퍼 통곡하실 수밖에요."

제갈공명의 말을 듣다 보니 유비는 정말 자신의 신세가 처량하여 더크게 통곡하며 가슴을 쳤다.

"어흐흐흑, 박복한 이 신세! 으흐흐흑!"

심성 고운 노숙은 유비가 통곡하자 어쩔 줄 몰라 이렇게 말했다.

"황숙, 눈물을 거두십시오. 좋은 방도를 찾아보면 되지 않겠습니까?"

그러자 제갈공명이 나섰다.

"그대는 돌아가서 오후께 여쭤 주시오. 얼마 만이라도 말미를 달라고. 그러면 우리가 반드시 약속을 지키겠소이다."

"그건 어렵지 않습니다. 하지만 우리 주공께서 듣지 않으시면 어쩌시렵니까?"

"누이동생을 주공에게 시집보낸 터에 청을 안 들어주시지는 않을 겁니다. 수고를 아끼지 마시고 잘 말씀드려 주세요."

"황숙의 사정이 그러하니 돌아가서 잘 전하겠습니다."

노숙은 관대하고 어진 인물이라 박정하게 밀어붙일 수가 없었다.

노숙은 배를 타고 동오로 돌아와 주유에게 이런 사실을 알렸다. 그러자 주유가 버럭 화를 냈다.

"그대가 이번에도 제갈공명에게 속았구려. 유비가 어떤 인물이오? 유표에게 신세를 지면서도 형주를 얻을 기회만 노린 자요. 그런 자가 갑자기 서천의 유장을 위해 주는 척하다니, 고양이가 쥐 생각하는 꼴 아니겠소? 어쩔 수 없이 내가 나서야겠소. 계책이 있으니 그대는 수고를 아끼지 말고 형주에 다녀오도록 하시오."

"무슨 계책이십니까?"

"이 길로 형주에 가서 유비에게 전하시오. 유 황숙이 서천을 공격할 수 없다면 우리가 공격하겠노라고. 서천을 빼앗아 혼인 예물로 주겠노라고 말하면 되오."

"도독, 서천은 동오에서 너무나 먼 곳에 있습니다. 게다가 지형이 험준해 도독의 신묘한 계략으로도 그곳을 도모하기는 어렵습니다."

"어허, 그대는 참으로 고지식하오. 내가 정말 그렇게 할 것 같소?"

"아니, 그럼 무슨 속셈이십니까?"

"그건 구실일 뿐이오. 형주를 취하려는 작전일 뿐이란 말이오. 자, 우리가 동오에서 서천을 취하러 가려면 형주를 거쳐야 하잖소? 길을 빌려 달라고 하는 것이오. 양곡을 빌려주면 우리가 대신 싸워 주겠노라고. 그러면 유비가 우리를 위문하러 올 것 아니오? 그때 유비를 사로잡아 형주를 빼앗으면 되오."

그럴듯한 작전이라 노숙은 고개를 끄덕였다.

유비는 노숙이 길을 되짚어 형주로 돌아왔다는 보고를 받고 깜짝 놀랐다. 제갈공명이 빙그레 웃으며 말했다.

"주유의 잔꾀를 듣고 왔을 겁니다. 주공께서는 노숙이 무슨 소리를 하든지 듣고만 계시다가 제가 고개를 끄덕여 신호를 보내면 그렇게 하겠노라고만 하십시오."

그때 노숙이 부지런히 부중에 들어왔다. 예를 갖추어 인사를 나누고 나자 노숙이 말했다.

"동오 군사들이 서천으로 가려 하니 황숙께서는 저희 군사를 후원해 주십시오. 군량미와 고기를 내주시면 우리가 힘을 내서 서천을 점령해 드리겠습니다."

노숙은 주유가 했던 말을 그대로 전하면서 못을 박았다. 제갈공명이 고개를 끄덕이자 유비가 말했다.

"이렇게 고마울 데가 있소? 우리는 은혜를 갚을 길이 없소이다. 정말 감사드립니다."

"그럼 약속대로 하시겠습니까?"

"여부가 있소이까? 오후께서 오신다면 마땅히 내가 성 밖에 나가 영접하겠습니다."

노숙은 기뻐하며 돌아갔다. 주유의 계책이 맞아떨어졌다고 생각했기 때문이다. 그러나 유비와 제갈공명이 그 속을 들여다보고 있다는 사실은 알지 못했다.

"군사, 웬일로 주유가 우리를 위해 군사를 동원한다는 겁니까?"

"하하하, 주유가 이런저런 꾀를 내더니 이제는 자기가 죽을 꾀를 냈습니다. 저런 식으로 나오는데 어린아이인들 속겠습니까?"

"무슨 소리요?"

"이것이 가도멸괵지계†라는 것입니다."

"무슨 말씀이십니까?"

"길을 빌린다는 핑계를 대고 실제로는 상대를 멸망시키려는 계략이지요. 서천을 취하러 간다면서 우리 형주를 취하려는 작전입니다."

유비가 깜짝 놀랐다.

"그렇다면 큰일이구려. 내가 이미 약속을 하지 않았소?"

"심려하지 마십시오. 주유가 오면 제가 죽이지는 않아도 기력이 쇠해 운신하지 못하게 만들겠습니다."

제갈공명은 조자룡을 불러 계책을 일러 주었다.

유비는 크게 기뻐했다. 제갈공명이 주유의 꾀를 읽고 있으니 대비하는 데 문제가 없었다. 이는 마치 주유가 낚싯바늘을 숨긴 미끼를 무는 꼴이었다.

노숙에게 보고를 받은 주유는 기뻐했다.

"이번에야말로 내 계책이 맞아떨어졌다. 그동안 제갈공명에게 번번이 당했지만 마지막으로 크게 되갚아 주리라."

주유는 금창을 치료하고 기력을 회복해 군사를 정비했다. 본격적으로 원한을 갚을 생각에 감녕을 선봉으로 삼고 서성과 정봉에게 중군을 거느리도록 했다. 능통과 여몽에게는 후군을 맡긴 뒤 수륙 양군 오만 명을 이끌고 출정했다. 배를 타고 가면서도 주유는 연신 빙글

여기서 잠깐!!

가도멸괵이란 길을 빌려 괵나라를 멸한다는 뜻이야. 기회를 포착하여 세력을 확장하거나, 어떤 일을 달성하기 위해 남의 힘을 빌린 후 상대방까지 자기 손아귀에 넣는 작전을 말하지.

진나라 헌공 시절에 있었던 일이야. 대부 순식이 우나라 왕에게 선물을 주고 무도한 괵나라를 치려하니 길을 빌려 달라고 했어. 우나라 왕은 눈앞의 이익에 눈이 멀어 앞날을 내다보지 못하고 진나라에게 길을 내주었지. 그러자 진나라의 이극과 순식이 군대를 거느리고 우나라 군대와 함께 괵나라를 쳐서 점령했어. 그리고 개선하는 길에 우나라도 간단히 멸망시켰지. 가도멸괵은 여기서 유래한 고사성어야. 임진왜란 때 일본이 조선에게 명나라를 칠 테니 길을 빌려 달라고 한 것도 여기에서 유래한 수법이지.

빙글 웃었다. 이번에야말로 제갈공명이 제대로 계략에 걸려들었다고 생각한 것이다. 오만 군사를 실은 배들이 하구에 도착하자 주유가 물었다.

"우리를 영접하러 나온 자가 없더냐?"

미축이 달려와 영접했다.

"도독을 뵙기 위해 제가 기다리고 있었습니다."

"우리 동오군을 맞이할 준비는 되셨소?"

"주공께서 직접 하고 계십니다."

"유 황숙은 어디 계신단 말이오?"

"형주 성문 앞에서 도독과 함께 술잔을 나누시려고 준비 중입니다."

"좋소. 이번에는 순전히 그대들을 위해 군사를 끌고 왔으니 우리 군사들을 잘 위로해 주시오."

"여부가 있습니까?"

주유는 전선을 늘여 세우고 서서히 움직였다. 그런데 형주성 십 리 밖까지 다가갔는데도 배가 눈에 띄지 않았다. 배 한 척 없고 사람 하나 보이지 않았다. 정탐꾼들이 속속 돌아와 보고했다.

"도독, 이상합니다."

"무엇이 이상하단 말이냐?"

"형주성에 백기가 꽂혀 있고 사람은 보이지 않습니다."

"그래? 내 직접 가 보리라. 경계를 게을리하지 마라."

주유가 배를 댄 뒤 삼천 명의 군사를 거느리고 형주성을 향해 나아갔다. 형주성 아래에서 주유가 외쳤다.

"문을 열어라! 서천을 치기 위해 동오의 주유가 왔다!"

성 위에 있던 군사가 물었다.

"누구시오?"

"나는 동오의 주 도독이다!"

그때 갑자기 징소리가 나면서 성 위에 있던 군사들이 일제히 몸을 일으켰다. 동시에 한 장수가 내다보며 우렁차게 외쳤다.

"도독이 어쩐 일로 우리 성에 오셨소?"

상산 조자룡이었다. 주유는 왠지 불길한 예감이 들었다.

"나는 형주를 위해 서천을 치러 가는 길이다. 조 장군이 모를 리 없지 않으냐?"

"하하하! 그래요?"

"어서 문을 열어라!"

"잔꾀를 가지고 온 모양인데 돌아가시오."

"그 무슨 망발인가?"

"우리 제갈 군사께서 어찌 그대의 꾀를 모르겠는가? 이곳을 지키라고 나를 남겨 놓으셨소."

"아니, 우리가 유장을 치기로 약속했는데 무슨 말이냐?"

"말도 안 되는 소리 집어치우시오! 우리 주공께서는 유장이 같은 황실의 종친인데 어찌 의리를 배반하고 서천을 치도록 돕겠느냐고 말씀하셨소이다. 만일 그대가 서천을 취한다면 우리 주공은 머리를 풀고 산으로 들어가 천하의 신의를 잃지 않겠다고 하셨습니다. 좋은 말로 할 때 돌아가십시오."

비로소 주유는 속았다는 것을 깨달았다. 여기서 조자룡과 싸워 봐야 승산이 없다 여겨 말을 돌리려는데 전령들이 득달같이 달려왔다.

"도독, 사방에서 적이 몰려오고 있습니다."

"무슨 소리냐?"

"강릉에서 관우가 쳐들어오고 있고, 장비는 자귀에서, 황충은 공안에서, 위연은 잔릉에서 일시에 저희 쪽으로 달려오고 있습니다."

전령이 말을 끝내기도 전에 함성소리가 천지를 진동했다.

"주유를 죽여라! 주유를 잡아라!"

그 순간 주유는 큰 충격을 받았다. 어설픈 꾀가 제갈공명에게 먹힐 거라고 어리석게도 적진 한가운데까지 달려온 자기 자신이 바보 같았던 것이다.

"어서 후퇴하라, 어서!"

핏대를 세우며 명령하던 주유가 갑자기 외마디 비명을 질렀다.

"헉!"

주유가 피를 토하는 동시에 금창의 상처가 터져 말 아래로 굴러떨어졌다. 제갈공명이라는 고수와 겨루던 주유의 최후가 멀지 않은 듯했다. 부하 장수들이 급히 주유를 부축하여 배로 돌아왔다.

잠시 뒤 혼절했던 주유가 정신을 차리고 물었다.

"지금 적들은 어찌 되었느냐?"

"유비와 제갈공명이 앞산에서 풍악을 울리고 있습니다."

배에서 바라보니 앞산 정상에서 유비와 제갈공명이 주유를 놀리기라도 하듯 술을 먹고 있었다.

"내 반드시 서천을 취하고 말리라!"

주유가 이를 뿌드득 갈았다. 그때 주유를 돕겠다고 손권의 동생인 손유가 찾아왔다.

"어쩐 일이십니까?"

"형님께서 도독을 도우라 해서 군사를 끌고 왔습니다."

"고맙습니다. 저도 죽을힘을 다해 싸우겠습니다. 뭣들 하느냐? 어서 진격하라!"

명령이 떨어지자 주유의 군사들이 발 빠르게 움직였다. 그러나 강의 상류를 유비의 양자 유봉과 관우의 아들 관평이 막고 있다는 보고가 들어왔다. 꼼짝 못 하는 상황에서 제갈공명이 보낸 편지가 도착했다. 제갈공명이 심혈을 기울여 쓴 편지였다.

한나라 군사 제갈량이 동오의 대도독 주유 선생께 올립니다.

오래 생각해 보니 도독께서 서천을 취한다는 말은 이루기 어려운 일임을 알게 되었소. 서천 익주는 백성들이 사납고 지형도 아주 험악한 곳이오. 유장이 보잘것없는 인물이라곤 하지만 제 땅을 지킬 정도의 능력은 있소이다. 그대가 지금 군사를 일으켜 만 리 길을 떠나려 한다지만 이것은 손무(《손자병법》의 저자)가 다시 태어나도 이룰 수 없는 일이오. 게다가 조조가 호시탐탐 원한을 갚으려 하고 있지 않소이까? 도독께서 군사를 일으켜 멀리 떠나면 그 틈을 노릴 것이 분명하오. 그리되면 강동은 풍비박산 날 것입니다. 보고 있을 수 없어서 도독께 이 사실을 알려 드리니 부디 자중하기 바랍니다.

마치 어른이 아이를 타이르는 듯한 내용이었다. 주유가 세상모르고 행동하니 한 수 가르쳐 준다는 식이었다. 편지를 읽고 난 주유는 한숨을 내쉬었다. 제갈공명의 말이 어느 것 하나 틀린 구석이 없었다.

"붓을 가져와라."

큰 실망감으로 기력이 쇠진한 주유는 손권에게 서신을 써서 봉한 뒤 장수들을 불렀다.

"그대들은 들으시게."

주유의 목소리에 힘이 하나도 없었다.

"나는 충성을 다해 나라에 보답하려 했건만 이제 천명을 다해 더는 어쩔 수가 없소. 바라건대 그대들은 주공을 끝까지 섬겨 천하의 큰 뜻을 이루게 해주시오."

말을 마친 뒤 주유는 앞으로 고꾸라졌다. 의원이 맥을 짚고 응급처치를 하여 겨우 의식을 돌려놓았다. 흐린 눈으로 주위를 돌아보던 주유가 감당할 수 없는 현실을 깨달았는지 크게 울부짖었다.

"하늘이여, 어찌하여 주유를 세상에 내놓으시고 또 제갈량을 내셨단 말입니까?"

주유는 정신을 잃고 다시 깨어나지 못했다. 그의 나이 서른여섯. 사람들은 젊은 주유의 죽음을 안타까워했다. 청년 시절부터 위업을 남기고 음악에도 조예가 깊었던 그였다. 십만 군사를 이끌고 용맹을 떨치던 그가 죽자 군사들은 저마다 가슴 아파했다.

주유가 쓴 마지막 편지는 손권에게 전달되었다. 참으로 눈물 없이는 읽을 수 없는 내용이었다.

주공께서는 재주 없는 저에게 은혜를 베푸셨습니다. 병마를 지휘하라는 막중한 소임을 주셨기에 혼신을 다해 보답하고자 했으나 사람이 죽고 사는 일은 예측할 수가 없습니다. 보잘것없는 이 몸은 뜻도 펴 보지 못하고 죽게 되었습니다. 맺힌 한을 어찌 풀겠사옵니까?

조조는 호시탐탐 동오를 노리고 있고, 유비 역시 우리를 의탁하고 있지만 호랑이 새끼와 마찬가지입니다. 천하가 걱정스럽습니다. 이럴 때일수록 신하들은 나라를 위해 충성해야 하고, 주공께서는 항상 앞날을 염려하셔야 합니다. 제가 없어지면 그 자리에 노숙을 쓰십시오. 노숙만이 주유의 소임을 다할 수 있습니다. 제 뜻을 새겨 주신다면 이 몸은 죽어서도 결코 썩지 않을 것입니다.

손권은 편지를 읽고 나서 통곡했다.

"으으으으흑, 공근(주유의 자)! 공근 없이 내가 어찌 대업을 이루겠소? 공근이야말로 나라를 보필할 재목이었는데, 누구를 의지해 내가 대업을 이룬단 말이오?"

죽은 사람은 죽었어도 산 사람은 살아야 했다. 손권은 노숙을 도독으로 삼아 병마를 통솔케 하고 주유의 장례를 성대하게 치렀다.

이때 제갈공명은 천문을 보고 주유가 죽었다는 사실을 알았다. 장군 별 하나가 땅에 떨어진 것이다. 다음 날 제갈공명은 이런 사실을 알리고 유비와 논의했다.

"주공, 주유가 죽은 듯합니다."

"천문을 살피셨소?"

"그렇습니다."

"주유가 죽었으니 동오에서 누가 병권을 잡겠소?"

"노숙이 맡게 될 것입니다. 제가 천문을 보니 동방에 기운이 있습니다. 제가 문상하러 강동으로 갔다가 돌아오면서 좋은 선비를 찾아오겠습니다."

"오후가 그대를 해치지 않을까 걱정이오."

"주공, 걱정하지 마십시오. 주유가 살아 있을 때도 저는 두려움이 없었습니다. 주유가 죽은 지금 무엇이 두렵겠습니까?"

제갈공명은 오백 명의 군사를 거느리고 조자룡과 함께 예물을 갖추어 주유의 문상을 갔다. 동오에서 노숙이 나와 영접했다. 부장들은 당장이라도 제갈공명을 죽일 듯 눈을 부라렸다.

"저놈의 원수, 뻔뻔도 하구나."

"여기가 어디라고 감히 찾아온단 말인가?"

하지만 조자룡이 그림자처럼 제갈공명을 호위해 감히 다가서지 못했다. 제갈공명은 제물을 바치고 주유의 영전에서 제문을 읽었다. 제갈공명의 제문은 말 그대로 명문이었다.

"아! 슬프도다, 공근이여! 어찌 이리 불행하게도 세상을 떠났던가? 목숨은 하늘에 달렸다고 하지만 남은 자들의 슬픔은 어찌하란 말인가? 내 이 슬픔을 이기지 못해 그대 앞에 한잔 술을 따르노니, 영혼이 있거든 이 조상을 받으시라. 그대는 일찍이 의리를 내세우고 재물에 뜻이 없어 자기 집을 남에게 내주어 살게 했던 위인이 아니던가. 그대는 젊은 나이에 날개를 펼쳐 만 리를 날았고, 패업을 이루어 강동 땅에 자리를 잡았

구나. 장년에는 파구를 진압하여 유표를 걱정에 빠뜨렸고 역적을 물리
쳤도다. 또한 뛰어난 풍채로 소교와 인연을 맺었고, 한나라 신하의 사위
로서 조정에 나아가기에 부끄러울 것 없었노라. 그대는 큰 재주를 지닌
인재로 문무의 계략을 사용해 적벽 싸움에서 적을 대파했도다."

제갈공명은 주유의 공적을 더할 수 없이 아름답게 표현했다. 그러면
서 자신이 진정으로 아낀 마음을 가감 없이 드러냈다.

"그대는 참으로 아름다운 영웅이거늘 어찌하여 이리 빨리 세상을 떠
났는가. 그대 떠남에 통곡하며 땅에 엎드려 눈물 흘리오. 그대의 충의로
운 기품과 신령스러운 용맹에 슬픔을 가눌 길 없소이다. 그대를 생각하
매 내 마음은 애절하고 간담이 끊어지는 듯하오. 내 비록 재주는 없으나
그대의 꾀를 얻어 동오를 돕고 조조를 막아 유 황숙을 편하게 보호하려
고 짝을 지었으니 무엇을 근심했겠소. 아, 공근이여! 우리 이제 영영 이
별하니 그대의 영혼이 어둠 속에서 아직 떠나지 않았다면 내 마음을 살
펴 주시게. 천하에 나를 알아줄 이가 없으니 더욱 슬프도다. 공근이여,
엎드려 바라건대 이 제사를 받으시오."

제갈공명은 제문을 읽고 몸을 던지듯 제단 앞에 엎드려 흐느꼈다.

"으흐흐흐흑!"

한동안 울음소리가 그치지 않았다. 그 소리가 너무 애절해 칼자루를
쥐고 있던 동오 장수들의 손에서 스르르 힘이 빠져나갔다. 그들도 스스
로 놀라 서로 수군거렸다.

"아니, 주유와 제갈공명이 원수지간 아니었어?"

"아닌가 보네. 저렇게 애통해하는 걸 보니 둘도 없는 친구였던 모양

일세.”

“우리가 잘못 알고 있었나 보오. 제갈공명이야말로 천하의 의로운 선비였어.”

동오의 제장들은 저마다 감동에 젖었다. 눈물을 찍어 내는 장수조차 눈에 띄었다. 제갈공명이 노린 것이 바로 이것이었다. 심지어 노숙조차도 생각이 흐트러졌다. 제갈공명은 인정 많은 선비고, 주유가 소견이 좁아 스스로 화를 못 이겨 죽은 것처럼 느껴진 것이다. 이처럼 제갈공명은 비통하게 통곡하며 동오 백성들의 원한을 햇살 아래 눈처럼 잔잔히 녹여 버렸다.

제갈공명은 극진한 대접을 받은 뒤 작별하여 배에 오르려 했다. 그때 허름한 복장을 한 선비가 강변에 나타났다. 그는 기회를 엿보다 호위 군사들 사이를 뚫고 들어와 제갈공명의 도포 자락을 잡아챘다.

“네 이놈!”

깜짝 놀란 제갈공명이 고개를 돌렸다.

“주유를 화병 나게 만들어 죽여 놓고 이제 와서 조문을 하다니? 간교한 속셈을 모를 줄 알았더냐?”

등골이 오싹했던 제갈공명이 정신을 차려 보니 그는 오랜 친구인 봉추 방통이었다.

“하하하, 봉추 아닌가? 깜짝 놀랐네그려.”

“이 사람아, 오랜만일세!”

“자자, 뭐 하나? 어서 배에 오르게.”

두 사람은 뱃전에서 오래도록 회포를 풀었다. 그간의 안부와 정세, 천하의 흐름에 대한 이야기를 나누었다. 이어 제갈공명이 물었다.

"자네는 왜 아직도 중용되지 않았는가?"

"나를 알아봐 주는 사람이 없다네."

제갈공명이 고개를 끄덕였다. 방통은 용모가 수려하지 않은 탓에 사람들에게 썩 좋은 인상을 주지 못한다는 걸 잘 알았기 때문이다. 기꺼이 나서서 그를 추천하는 사람이 없었음이 뻔했다.

"그대가 오래도록 동오에 머물렀지만 아직까지 한미한 걸 보니 손권이 그대를 받아들일 것 같지는 않군."

제갈공명이 날카로운 혜안으로 예언했다.

"뭐, 그럴 수도 있고."

"그러지 말고 내가 편지를 써 줄 테니 형주로 오게. 나와 함께 유 황숙을 도우면 얼마나 좋겠는가."

"유 황숙은 어떤 사람인가?"

"유 황숙은 덕이 높은 사람일세."

"알았네. 자네가 그리 권하니 내가 유념하지."

그렇게 오랜만에 만난 두 사람은 헤어졌다.

노숙은 주유의 장례를 후하게 치렀다. 장례가 끝나고 민심이 안정되자 손권에게 한 사람을 천거하기로 결심했다.

"주공, 주유가 저를 추천한 덕분에 큰 임무를 맡았지만 국사를 감당하기에는 역량이 부족합니다. 하여 유능한 선비를 주공께 추천할까 합니다."

"어떤 선비요?"

"천문을 통달하고 지리에 밝으며, 관중과 악의에 못지않은 지혜를 가진 선비입니다. 손자에 버금가는 병법을 익혀 주유 역시 그의 의견을 들었으며, 제갈공명 또한 그의 지혜에 감복한 것으로 아옵니다."

"우리에게 그런 인재가 있소?"

"강동에 있습니다. 그 사람을 중용하십시오."

"이름이 무엇이오?"

"양양 사람으로 성은 방이요, 이름은 통입니다. 봉추 선생이라고들 부르지요."

"오, 그 이름은 들어 본 적이 있소. 서둘러 만나게 해주시오."

노숙은 방통을 손권에게 천거했다. 방통 입장에서는 여기저기서 제안이 온 셈이다. 방통은 아쉬울 것 없다는 표정으로 노숙의 청을 받아들여 손권을 만나기로 했다.

손권을 만난 자리에서 역사가 이뤄질 것 같았지만, 젊은 손권의 미심쩍어하는 선입견 때문에 일을 그르치고 말았다. 손권은 예를 갖춰 인사한 방통을 자세히 뜯어보았다. 귀족에 호걸이었던 손권의 눈에 들창코에 검은 피부, 짧은 수염, 못생긴 방통의 용모는 도대체 신뢰할 만한 구석이라고는 찾아볼 수 없게 만들었다.

'저런 자가 무슨 대단한 선비라는 건가?'

방통 역시 아무 말 않고 가만히 있자 손권이 물었다.

"그대는 무슨 공부를 하셨소?"

방통이 무덤덤하게 대답했다.

"아무것에도 얽매이지 않고 그저 형편에 따라 공부했을 뿐입니다."

"그렇소? 그럼 그대의 학문이나 경륜은 주유와 비교해 어떻습니까?"

그 말을 듣고 방통이 웃었다.

"하하하, 주유와 저는 공부한 길이 다릅니다."

한마디로 상대가 안 되니 주유 따위와 비교하지 말라는 뜻이었다. 하지만 손권은 주유를 가장 사랑하고 아꼈다. 방통이 주유를 폄하하는 대답을 하자 손권은 당장 마음이 상했다.

"알겠소이다. 물러가 계시오. 내가 다시 연락하겠소."

방통은 고개를 끄덕이며 자리를 떠났다. 역시 제갈공명이 예측한 대로 손권이 자기를 알아보지 못한 것이다.

이런 사실을 알게 된 노숙이 물었다.

"주공, 방통을 왜 그냥 돌려보내셨습니까?"

"그런 오만한 선비를 어디에 쓰겠는가?"

"아닙니다. 적벽대전에서 주유가 승리한 것은 바로 방통 덕분입니다. 방통의 꾀가 있었기에 조조 군을 몰살시킬 수 있었습니다. 그가 큰 공을 세웠습니다."

"아니오. 조조가 스스로 배를 묶은 것이지, 방통의 공이라 하면 곤란하오."

"그렇지 않습니다. 천하의 조조를 속인다는 게 아무나 할 수 있는 일이 아닙니다."

아무리 말해도 손권은 고집을 피우며 듣지 않았다. 노숙이 어쩔 수 없이 물러나와 그길로 다급히 쫓아가 방통을 만났다. 방통은 떠나려던 참이었다.

"공은 잠시 참으시오. 내가 다시 주공을 설득해 보겠소."

방통은 고개를 숙이고 탄식할 뿐이었다.

"허허, 받아들여지지 않는 선비가 남아 있을 까닭이 없지요."

"그렇다고 동오를 떠나시면 안 됩니다. 혹시 그런 마음을 가지고 계십니까?"

"……."

방통은 대답이 없었다.

"어디로 가시려는 것입니까?"

"조조에게나 가야겠소."

"안 됩니다. 왜 선생 같은 유능한 선비가 역적의 휘하에 들어간단 말입니까? 그럴 바에는 차라리……."

"차라리 어떻다는 말씀을 하시려는 게요?"

"유 황숙에게 가십시오. 유 황숙은 분명히 공을 중용할 것입니다."

"하하하, 사실 나도 유 황숙에게 갈 생각이었소. 농담 한번 해봤소."

"그러시다면 제가 기꺼이 추천서를 써 드리겠습니다. 황숙을 보필하게 되면 동오와의 유대를 힘써 주십시오."

노숙이 방통을 굳이 유비에게 추천하는 까닭은 형주와 동오가 힘을 합쳐 조조에 대비하고자 하는 속마음이 있었던 것이다. 방통은 마침내 노숙의 서신을 품에 넣고 형주로 향했다.

방통이 유비를 찾아왔을 때 제갈공명은 지방을 시찰 중이어서 자리를 비우고 없었다. 방통이 왔노라고 알리자 유비가 반가워했다. 방통의 이름은 오래전부터 들어 온 터였다.

유비 앞에 나타난 방통은 절을 하지 않고 허리만 굽혔다. 유비도 방통의 외모가 썩 마음에 들지 않았다.

"먼 길 오시느라 애쓰셨소이다."

여느 선비 같았으면 추천장을 내보여 유비로 하여금 예를 갖추도록 했겠지만 방통은 자존감이 강한 선비였다. 유비가 과연 자신을 어디까지 있는 그대로 보는지 시험해 보고 싶어 아무 말도 하지 않았다. 그저 통상적인 말을 했을 뿐이다.

"유 황숙께서 선비들을 널리 모집한다는 소문을 듣고 제가 의탁할까 해서 찾아왔습니다."

인재가 찾아오면 적당한 직위를 주는 법이다. 그러나 사람은 대개 인품이나 학식보다 외모를 통해 평가하곤 한다. 누구나 다 눈이 있지만 외모를 꿰뚫는 통찰력을 가진 사람은 드물기 때문이다. 유비는 방통이 마음에 들지 않아 이렇게 말했다.

"형주 부근에는 자리가 없습니다. 여기서 동북쪽으로 뇌양현이라는 고을이 있는데 현령 자리가 비었습니다. 혹시 그곳에라도 가 계신다면 좋은 자리가 날 때 크게 쓰겠습니다."

방통은 자신을 박대하는 유비에게 재주를 펼쳐 보일까 하다 제갈공명도 없기에 하직 인사를 올리고 그대로 뇌양현으로 떠났다.

뇌양현에 부임한 방통은 공무는 돌보지 않고 날마다 술만 마셨다. 군량미를 비축한다거나 송사를 처리하는 따위의 업무는 쳐다보지도 않았다. 그런 소식은 곧 유비의 귀에 들어왔다.

"능력이 어설픈 자가 명성만 가지고 임무를 태만히 해? 여봐라, 장비를 불러라!"

장비는 탐관오리를 벌하는 데 일가견이 있는 장수였다.

"너는 남쪽 고을을 순시하다 임무를 게을리하는 관리가 있거든 사정없이 심문하여라."

장비는 손건과 함께 뇌양현에 도착했다. 모든 관료와 백성들이 나와 영접하는데 현령만 나오지 않았다.

"현령은 어디 있느냐?"

장비가 큰 소리로 묻자 한 아전이 대답했다.

"현령께선 부임하신 지 백 일이 넘었는데 여전히 술만 드십니다. 지금도 술을 드셔서 깨어나지 못하고 계십니다."

장비 눈에서 불똥이 떨어졌다.

"당장 현령을 잡아와라!"

그러자 손건이 말렸다.

"장 장군, 아닙니다. 방통은 우리 군사이신 제갈 선생과 동급인 선비 아닙니까? 일단 들어가서 사정이 있는지 알아보시지요. 그런 다음 죄를 물어도 늦지 않습니다."

손건의 말에 따라 장비는 일단 현청으로 들어갔다. 장비가 상석에 앉아 현령을 끌어다 대령하라고 명했다. 아직도 술이 덜 깬 방통이 의관도 제대로 못 갖추고 부축을 받으며 나왔다.

장비가 불호령을 내렸다.

"네 이놈, 우리 형님이 말단이나마 벼슬을 내렸으면 고을 일을 제대로 봐야지. 어찌하여 이렇게 전폐하고 술만 먹는 게냐?"

방통이 가소롭다는 듯 웃으며 말했다.

"하하하, 내가 무슨 일을 게을리했다는 것이오?"

"네놈이 부임한 지 백 일이 지났는데 아무 일도 하지 않았다고 들었다. 언제 고을 일을 보았다는 것이냐?"

방통이 태연하게 대답했다.

"백 리밖에 안 되는 작은 고을에 일이랄 게 뭐가 있소?"

"백 리밖에라고 했느냐? 네놈 때문에 업무가 밀려 백성들이 불편을 겪는데도 그런 말이 나오느냐?"

"장군이 내 능력을 보고 싶은 모양이구려."

"능력이 아예 없는 건 아니고?"

"잠시 거기에 앉아 계시오."

장비가 호통을 치기는 했지만 속으로 꽤나 놀랐다. 자신을 보고 두려워하지 않는 자는 처음 본 것이다. 게다가 당당한 자신감은 왠지 사람을 위축되게 만들었다. 호랑이 같은 장비가 주눅이 들려 할 때 방통이 아전들을 불렀다.

"밀린 공무를 가져와 보아라."

관리들이 문서를 한 아름씩 들고 왔다. 그리고 판결을 받지 않은 죄인들을 줄줄이 마당에 끌고 와 꿇어앉혔다. 산더미 같은 문서들과 할 일이 쏟아진 것이다.

"이제 일을 보겠다."

아전이 붓을 들고 옆에 앉았다. 방통은 소장을 하나하나 펴서 읽는 즉시 입으로 판결을 내렸다. 송사와 관련된 자들이 나와 억울한 사정을 얘기하는 동안 방통은 다른 문서를 읽었다. 얘기를 다 듣고 나면 즉석에서 판결을 내렸다. 그야말로 전광석화였다. 옳고 그름을 가리는 데 잘못되거나 억울한 점이 하나도 없었다. 판결을 받은 사람들은 하나같이 고개를 숙이고 죄를 반성하며 물러갔다. 동시에 세 가지 일을 해치우는 방통의 능력은 참으로 신출귀몰했다. 방통은 백 일 동안 해야 할 일을 취한 정신으로 반나절 만에 끝내 버렸다.

"이, 이럴 수가!"

지켜보던 관원들이 놀라서 입을 다물지 못했다. 소문을 듣고 달려온 백성들은 담장 위에서 방통의 현란한 업무 능력을 지켜보며 몇 차례나 눈을 비벼 댔다. 방통이 마지막 서류에 수결하고 붓을 놓자 관원들과 백성들이 엎드려 감복했다.

"현령 나리, 존경하옵니다!"

"자, 장 장군! 내가 고을 일을 게을리한 것이 무엇이오? 나로 말하자면 조조나 손권도 손바닥 들여다보듯 하는 사람이오. 이깟 빈대 등짝만 한 고을에 신경 쓸 게 뭐가 있소? 그러니 술이나 먹을 수밖에."

장비가 깜짝 놀라 상석에서 내려와 고개를 숙여 사죄했다.

"선생, 재주를 몰라보고 큰 실례를 범했소이다. 돌아가서 형님께 강력히 천거하겠습니다."

"하하하, 장 장군! 이거나 가져가시오."

방통은 노숙이 써 준 추천서를 꺼내 주었다. 추천서를 펼쳐 본 장비가 화들짝 놀랐다.

"아니, 추천서가 있으면서 왜 말씀을 안 하셨소이까?"

"장 장군! 나는 내 능력을 믿고 왔지, 이런 자들의 추천을 믿고 온 사람이 아니오."

"아아!"

장비가 감동한 눈빛으로 방통을 바라보았다. 자신도 아무런 집안 배경 없이 능력만으로 유비, 관우와 의형제를 맺어 여기까지 오지 않았는가. 초심이 떠올라 장비는 크게 감동했다.

"우리가 큰 결례로 인재를 놓칠 뻔했소이다. 잠시만 기다리시오."

장비는 남은 업무를 팽개치고 형주로 달려가 유비에게 방통에 대한 이야기를 전했다. 유비는 그제야 자신이 큰 실수를 했다는 것을 알고 후회했다.

"아, 나는 아직 멀었구나. 큰 선비를 몰라보고 푸대접하다니."

유비는 노숙의 추천서를 펼쳤다.

유 황숙, 보시오.

방통은 결코 그릇이 작은 이가 아닙니다. 큰일을 맡겨야 뜻을 펼칠 사람입니다. 생긴 모습을 가지고 판단하여 의심하면 다른 사람을 모실 것이니, 그리된다면 참으로 안타까운 일입니다.

유비가 자신의 실수를 한탄하고 있을 때 마침 제갈공명이 돌아왔다. 방통이 유비에게 의탁했다는 소문을 들은 제갈공명은 그의 소식부터 물었다.

"방 군사는 지금 어떻게 지내고 있습니까?"

방통 정도면 군사의 자리를 차지했을 줄 알고 제갈공명이 그렇게 물은 것이다.

"그, 그게……."

"무슨 문제가 있습니까?"

"내가 뇌양현을 다스리게 했소이다. 그런데 술만 먹고 고을 일은 돌보지 않는다기에……."

"하하하!"

제갈공명이 크게 웃었다.

"방통은 결코 작은 그릇이 아닙니다. 그의 내공이나 배움은 족히 저의 열 배는 됩니다. 제가 추천서를 써 주었는데 주공께 보여드리지 않던가요?"

"아니오. 오늘 노숙의 추천서를 보았을 뿐입니다."

"큰 선비에게 작은 일을 맡기면 술이나 먹으며 일을 열심히 하지 않습니다."

"맞습니다. 장비가 가 보지 않았더라면 큰 선비를 잃을 뻔했습니다."

유비는 장비를 다시 보내 방통을 형주로 모셔 왔다. 그사이에 술을 좋아하는 두 사람은 오랜 친구처럼 막역한 사이가 되었다. 방통이 들어오자 유비가 마당 아래로 내려가 사죄했다.

"봉추 선생, 미욱한 유비가 큰 실수를 했소이다."

"하하, 사죄하실 게 뭐 있습니까? 여기 와룡 선생이 써 준 추천서가 있습니다."

제갈공명의 서신은 방통이 오면 크게 쓰라는 내용이었다. 유비가 웃으며 말했다.

"나는 어찌 이리 복이 많은 사람인지 모르겠소이다. 지난날 사마 선생이 복룡과 봉추, 둘 중 하나만 얻어도 천하를 편안하게 만든다고 했는데, 이렇게 두 분을 얻지 않았습니까? 한나라 황실이 부흥하고 중흥할 좋은 조짐이라고 생각합니다. 이 어찌 기쁘지 않습니까?"

유비는 방통을 부군사 중랑장으로 삼았다. 좌청룡 우백호가 아니라 좌공명 우방통이 된 셈이다. 유비는 그들과 함께 전략을 세우고 군사를 조련하며 때를 기다렸다.

7
마초와 조조의 대결

유비는 방통을 얻어 호랑이가 날개를 단 격이 되었다. 이 소식은 빠르게 허도에 전해졌다.

"승상, 유비가 제갈량과 방통을 군사로 삼아 군사를 모으고 훈련하고 있으며, 말을 끊임없이 사들인다고 합니다. 틀림없이 우리에게 위협이 될 것입니다."

여기저기서 유비에 관한 소식이 들려오자 조조가 모사들을 불러 모았다.

"남쪽을 가만두어서는 안 될 것 같다. 어찌하면 좋은지 의견들을 말해 보시오."

모사 순유가 먼저 입을 열었다.

"주유가 죽었으니 동오의 손권을 먼저 친 다음 유비를 치시지요."

그것이 순서였다. 하지만 조조는 마음에 걸리는 것이 있었다. 바로 적벽 싸움 중에도 그랬지만 서량군이 침입한다는 소문을 그냥 흘려들을 수 없다는 점이었다. 서서가 급히 방비한다고 군사 삼천을 데리고 떠났던 기억이 새로웠다. 물론 나중에 헛소문임이 밝혀졌지만, 이런 일이 다시 생기지 않도록 방비를 게을리할 수 없었다. 조조가 착잡한 듯 무겁게 입을 열었다.

"원정에 오르면 그 틈을 타서 마등이 허도를 급습할까 두렵다. 그런 일이 또 생기면 우리한테 치명타가 될 것이야."

순유가 다시 나섰다.

"그렇다면 먼저 마등을 이용하심이 어떻습니까?"

"마등을 이용하다니?"

"마등에게 적당한 벼슬을 하사하고 손권을 치라고 명하시는 겁니다. 손권을 치려고 군사를 이끌고 허도로 들어오면 그때 없애 버리시지요. 그러면 후환도 없고 마음 놓고 동오를 공격할 수 있을 것입니다."

"좋은 생각이다. 그대로 시행하겠다."

곧바로 마등에게 조서가 전달되었다. 마등은 과거에 유비와 함께 조조를 제거하겠다고 결의를 불살랐던 한나라 충신이었다. 그는 강족의 피가 섞여 있었다. 부친 마숙이 농서 지방을 떠돌아다닐 때 강족 여자를 얻어 낳은 아들이 그였다. 마등은 키가 크고 풍채가 좋은 데다 성품이

착하여 사람들의 공경을 받았다.

마등은 조조의 조서를 받고 나서 수하들을 모아 대책을 강구했다.

"너희들도 알다시피 나는 오래전에 동승과 함께 역적 조조를 치기로 했었다. 그런데 동승은 죽었고, 유비도 번번이 패배하다 이제 비로소 형주를 얻어 자리를 잡았다. 그런데 조조가 나를 부르니 어떤 꾀를 가지고 부르는지 알 수가 없구나."

큰아들 마초†가 대답했다.

"부르는데 가지 않는 것도 옳지 않습니다. 황제의 명을 거역했다고 책임을 물을 터이니 일단 가서서 정세를 엿보다 후일을 도모하심이 어떨까 합니다."

마등의 조카 마대†가 걱정스레 말했다.

"조조는 간사한 자라 믿으시면 안 됩니다. 숙부님께서 해를 입을까 걱정됩니다."

마초가 목소리를 높였다.

"그럴 바에는 차라리 군사를 이끌고 허도로 쳐들어가 이참에 조조를 없애 버리는 것이 어떻습니까?"

그러자 마등이 나섰다.

"아니다. 너는 강족의 병사들을 통솔하여 이곳을 지켜라. 내가 마휴와 마철, 마대를 데려갈 것이다. 내가 서량을 돕고 있고, 또한 한수가 함께 한다는 것을 알면 조조도 감히 나를 해칠 수는 없을 것이야."

마침내 마등이 군사를 일으켜 서량군 오천 명을 거느리고 허도로 행군하여 나아갔다. 마휴와 마철이 선봉에 서고 마대가 후방을 맡았다.

허도에 도착한 마등은 이십 리 밖에 진을 쳤다. 그것을 알고 조조가 문하시랑 황규를 불러 명을 내렸다.

"그대가 먼저 마등에게 가서 군사들을 위로하라. 멀리 서량에서 왔기 때문에 군량을 운반하기가 어려우니 내가 군사들을 보내 함께 협력할 것이라고 전해라. 그리고 황제를 알현해야 하니 내일 도성으로 들어오라 일러라. 그러면 군량과 마초를 내주겠다고 하면 된다."

황규는 조조의 명을 받아 마등의 진지를 찾아갔다.

"어서 오시오!"

마등이 황규를 반갑게 맞았다. 황규는 대접을 받으며 나지막한 목소리로 말했다.

"아시겠지만 나의 선친인 황완† 어른이 이각과 곽사의 난 때 돌아가셨습니다. 그게 저에게는 통탄할 일이지요. 오늘날 제가 역적을 만나게 될 줄 누가 알았겠습니까?"

마등이 당황하여 물었다.

"나를 역적이라 말하는 것이오?"

"아닙니다. 지금 이 땅에 누가 역적이겠습니까? 조조 한 사람뿐 아닙니까?"

마초는 한나라 장수 마원의 후손이자 마등의 장남으로 그 세력을 고스란히 물려받았어. 머나먼 관서 지방에서 중앙 정부의 간섭을 받지 않아 독자적인 영향력을 행사할 수 있었지. 관중십장(서량 지방에서 활동하면서 독자적인 세력을 형성한 열 명의 태수, 자사를 뜻함) 중 한 명으로 조조에게 처절할 정도로 대항했지만 결국 실패하고 가문이 몰살당하고 말지.

❧

마대는 마등의 조카이자 마초의 사촌 아우야. 나중에 마초를 따라 유비에게 귀순하지. 제갈공명의 남정과 북벌에 참가해 전공을 세워 평북장군이 되고 진창후에 봉해져.

❧

황완은 후한 말의 대신이야. 동탁이 도읍을 장안으로 옮기려 할 때 사도 양표와 함께 적극적으로 말리다 파면당해 서민이 되었지. 훗날 다시 사예교위로 임명되는데 왕윤, 사손서 등과 함께 동탁을 죽여 없앨 모의를 했었어.

마등은 자신의 속을 떠 보는 술책이라 여겨 고개를 저었다.

"무슨 말이오? 쓸데없는 소리 하지 마시오."

그러자 황규가 준엄한 목소리로 말했다.

"그대는 예전의 의대조를 잊었단 말이오?"

의대조란 헌제가 조조를 제거해 달라고 혈서를 써서 옷과 띠에 숨겨 동승에게 전했다가 발각된 사건이다. 황규가 그 사건을 들먹이자 마등이 그의 진심을 알고 조용히 말했다.

"맞소! 나도 조조를 제거하는 것이 평생의 원이오."

"그러시다면 방법이 있소이다. 장군은 조조 말을 따라 경솔하게 도성에 들어가지 마시오. 대신 군사들을 성 밑에 세워 놓고 조조가 성 밖으로 나왔을 때 제거하시오. 그러면 간단히 대사를 이룰 수 있습니다."

"알았소. 그렇게 합시다."

조조가 보낸 황규는 사실 오래전부터 조조를 제거하려는 마음을 품고 있었다. 교활한 조조도 미처 눈치채지 못할 만큼 그는 자기 관리를 철저히 한 사람이다.

집에 돌아온 황규는 가슴이 설레었다. 비로소 조조를 제거할 기회가 왔기 때문이다. 황규는 내색하지 않으려 애썼지만 여느 때와 다른 기색을 보이자 아내가 물었다.

"무슨 일이 있으신지요?"

황규는 가타부타 말을 하지 않았다. 내일이면 거사가 이루어지기 때문에 아내에게도 비밀로 한 것이다. 그러나 황규에게도 단점이 있었다. 첩인 춘향이 교태를 부리자 자신도 모르게 천기를 누설한 것이다.

"어르신, 오늘은 좋은 일이 있나 보네요?"

"오호, 눈치 한번 빠르구나."

술도 주는 대로 받아먹고 얼큰하게 취한 황규가 자신도 모르게 비밀을 털어놓았다.

"내 평생의 한이 조조를 없애는 것 아니더냐? 내일이면 한을 풀 수 있게 되었다."

"그래요? 어떻게 하시려고요?"

"내가 마등과 약속했다. 조조가 성 밖에 나왔을 때 없애 버리기로 말이다, 허허허!"

춘향은 하늘도 놀랄 특급 비밀을 자신의 정부인 묘택에게 알렸다. 묘택은 다름 아닌 황규의 처남이었다. 처남이 매형인 황규의 첩 춘향과 눈이 맞아 몰래 관계를 맺고 있었다. 묘택은 얼씨구나 싶어 조조에게 달려가 그 사실을 고했다. 조조는 즉시 부하 장수들을 불러 조치한 뒤 황규의 집안을 쓸어버리라고 명했다. 그날 밤 황규는 물론 그의 일가친척들이 영문도 모른 채 모조리 붙잡혀 들어갔다.

다음 날 아침, 이런 사실을 알 리 없는 마등이 서량군을 이끌고 성 가까이 도착해 조조가 나오기를 기다렸다. 멀찌감치 승상의 깃발이 보였다.

'조조가 나를 맞이하러 나왔구나. 바로 쳐야겠다.'

마등이 말을 몰아 성급히 앞으로 나갔다. 그때 붉은 기가 올라가면서 느닷없이 화살이 빗발치듯 쏟아졌다. 당황한 마등이 머뭇거리자 한 장수가 칼을 들고 나왔다. 조조의 사촌 동생인 맹장 조홍이었다.

"네 이놈, 마등아! 네가 감히 승상을 죽이려 했단 말이냐?"

일이 잘못됐다는 것을 직감한 마등이 말을 돌리려 했다. 하지만 미리 숨겨 놓았던 군사들이 정신없이 밀려왔다. 왼쪽에서 허저, 오른쪽에서 하후연, 뒤에서 서황이 군사를 몰고 왔다. 서량군은 순식간에 포위되었고, 마등 삼부자는 각자 살길을 찾아 활로를 뚫어야 했다. 마등이 죽을 힘을 다해 포위를 뚫으려 했지만 역부족이었다. 조조 군사들에게 막힌 마등과 마휴는 말에서 떨어져 잡히고 마철은 활에 맞아 죽었다.

마등 부자는 결박당한 채 조조 앞에 붙잡혀 왔다. 그 자리에 황규도 끌려와 있었다.

마등이 기세등등하게 물었다.

"내가 무슨 죄를 저질렀다고 이따위 대접을 하는 것이냐?"

"하하, 쥐새끼 같은 네놈들의 죄를 내가 모를 줄 알았더냐? 여봐라, 그자를 데려와라!"

군사들이 묘택을 데려왔다. 묘택을 보는 순간 황규는 이를 갈았다.

"아니, 네놈이 여기에……."

"말해 보아라!"

조조가 추상같이 명령을 내렸다.

"황규가 오늘 승상을 밖으로 유인하여 마등으로 하여금 없애려 한다는 말을 전해 들었습니다."

묘택이 들은 사실을 고하자 황규가 고개를 떨구었다. 마등은 하늘을 우러르며 탄식했다.

"아, 나약한 선비가 대사를 망쳤구나. 나라의 앞날을 위해 역적을 죽였어야 하는데, 어찌하여 하늘이 나를 버린단 말인가?"

"긴 말 필요 없다! 저자들을 끌어다 목을 베라!"

조조의 명에 따라 도부수들이 그들을 끌고 갔다. 마등은 뜻을 이루지 못한 채 아들 마휴와 함께 죽음을 맞았다. 후세 사람들은 복파 장군의 후손으로서 떳떳하게 죽은 마등을 높이 칭송했다.

죄인들을 참수하고 나자 묘택이 조조에게 청했다.

"승상, 저는 아무 상도 필요하지 않습니다. 춘향을 제 아내로 삼을 수 있게만 해주십시오."

"하하하, 계집 때문에 매부의 집안을 몰살시킨 어리석은 자여! 이런 놈은 살려 둘 필요 없다. 여봐라, 저자를 끌고 나가 목을 베라!"

명에 따라 묘택과 춘향, 황규 일가는 저잣거리에서 참수되었다. 사람들은 묘택이 사리사욕을 채우려다 충신을 해치고 여자도 얻지 못한 채 개죽음당했다고 비웃었다. 문제는 수뇌부를 잃어버린 서량 군사들이었다. 조조는 그들을 안심시켰다.

"너희들은 죄가 없다. 마등 부자가 모반했을 뿐이다."

군사들을 다독이고 난 조조가 마대를 잡으라고 명령했다. 군사 천 명을 이끌고 후방을 지키던 마대는 마등이 죽었다는 소식을 듣자마자 군마를 버리고 장사치로 변장해 밤을 새워 도망쳤다. 이로써 조조는 비로소 마음 놓고 남쪽 정벌을 계획할 수 있게 되었다.

그때 정탐꾼이 와서 유비의 동태를 보고했다.

"유비가 서천을 취하려 하고 있습니다."

조조가 깜짝 놀라 말했다.

"유비가 서천을 취하면 좌우에 날개를 다는 격이다. 그것만은 막아야 한다. 어찌하면 좋겠느냐?"

진군이라는 자가 나섰다.

"제게 계책이 있습니다. 동오의 손권과 형주의 유비가 서로 싸우게 하면 되는 것입니다. 그리하면 강동과 서천 땅을 승상께서 손쉽게 차지할 수 있습니다."

"무슨 계책이냐?"

"손권과 유비는 지금 관계가 친밀합니다. 유비가 서천을 취하려 하는 이 시점에 군사를 일으켜 강동을 공격하는 겁니다."

"그러면 유비가 바로 도우려 할 것이 아니냐?"

"그렇습니다. 손권이 유비에게 구원을 청하겠지요. 그런데 서천을 치려던 유비 입장에서는 손권을 도울 경황이 없습니다. 도움을 못 받은 손권은 유비가 괘씸하긴 하겠지만 군세가 약해 힘을 못 쓸 테니 승상께서 강동을 쉽게 손에 넣을 수 있습니다. 일단 강동을 얻고 나면 형주는 걸어 들어가기만 해도 얻지 않겠습니까? 그런 뒤에 서천을 차지하시면 천하가 승상의 것이 됩니다."

"오, 나도 그런 생각을 하고 있었다. 아주 마음에 든다."

조조는 삼십만 대군을 이끌고 드디어 출정을 명령했다. 그 소식은 바로 동오로 전달되었다. 손권은 다급히 부하 제장들을 모아 놓고 대책을 세웠다.

"예상한 대로 조조가 쳐들어온다. 어떤 대책들을 갖고 있는지 말해 보시오."

신하들의 갑론을박이 나오자 장소가 나서서 정리했다.

"주공, 우리가 기댈 곳은 유비뿐입니다. 미우나 고우나 유비와 힘을 합쳐야 합니다. 형주에 서신을 보내십시오. 노숙이 그동안 유비를 많이 도와주었으니 분명히 도와줄 것입니다. 게다가 유비는 동오의 사위가 아닙니까? 의리를 생각해서라도 동오를 도와야 합니다. 유비가 도와준다면 크게 걱정할 것 없습니다."

"그 말이 맞다. 유비를 제거하지 않기를 잘했구나."

노숙은 곧바로 편지를 써서 형주로 보냈다.

유비는 제갈공명을 불러 동오에서 온 소식을 두고 의견을 나누었다.

"동오에서 도움을 달라는데 어쩌면 좋겠소? 우리는 서천을 쳐야 하는데 자칫 동오를 돕다가 우리 세력까지 약해질까 두렵소."

"주공, 걱정 마십시오. 우리 군사를 쓰지 않고도 조조를 꼼짝 못 하게 만들겠습니다."

제갈공명은 편지를 써서 보냈다. 내용은 이러했다.

아무 걱정 하지 마십시오. 베개를 높이 베고 자도 걱정 없소이다.

조조 군이 쳐들어와도 유 황숙께서 다 물리칠 수 있습니다.

동오의 사자가 돌아가자 유비가 의구심 어린 눈빛으로 제갈공명에게 물었다.

"무슨 계책으로 조조의 군사를 막는단 말이오? 삼십만이 넘는다고 하지 않습니까?"

"주공, 지금 조조의 근심거리는 서량입니다."

"마등이 죽지 않았소?"

"그렇습니다. 그래서 우리에게는 기회입니다. 마등을 죽였기 때문에 마등의 아들 마초가 서량 군사를 통솔하고 있습니다. 그는 조조에 대한 원한이 하늘을 찌를 것입니다. 이럴 때 마초에게 서신을 보내 군사를 일으켜 중원으로 들어가도록 격려하십시오. 그러면 조조가 감히 강동을 넘보지 못할 것입니다."

"그거 훌륭한 계략이오."

유비는 서신을 써서 마초에게 보냈다.

한편, 서량을 지키던 마초는 통곡하며 달려오는 장사치를 맞았다.

"형님, 으흐흐흐흑!"

"무슨 일이냐?"

그는 바로 마대였다. 장사치로 변장해 도망쳤던 마대가 들어오자마자 통곡부터 하는 것이었다.

"왜 울고만 있느냐?"

"숙부님과 동생들이 모두 세상을 떠났습니다."

"뭐라?"

마대에게 자초지종을 들은 마초는 통곡하다 끝내 기절했다. 아버지와 동생들을 한꺼번에 잃은 슬픔을 이기기 어려웠던 것이다. 여러 장수들이 겨우 일으켜 정신을 차린 마초가 이를 갈았다.

"반드시 조조를 죽여 아버님의 원수를 갚고 말리라!"

때맞춰 절묘하게 유비의 서신이 도착했다. 마초가 황급히 편지를 뜯어 펼쳤다.

마 장군, 보시오!

한나라 황실이 불행하여 역적 조조가 권력을 잡고 황제를 기망하며 백성들을 괴롭히고 있소이다. 유비는 그대의 선친과 함께 황제의 밀조로 역적 조조를 치고자 했으나 이제 선친이 조조에게 목숨을 빼앗겼소. 조조와는 한 하늘을 이고 살 수 없는 철천지원수요.

만일 서량군이 일어나 조조의 오른편을 친다면 유비가 형주와 양양의 군사를 모아 조조의 앞을 칠 것입니다. 그렇게 되면 조조를 사로잡고 간악한 도당을 무찌를 수 있습니다. 선친의 원수도 갚고 한나라 황실을 다시 일으킬 수 있게 되기를 바랍니다.

회신을 부탁하오.

유비의 편지를 읽고 난 마초는 눈물을 흘리며 답신을 써서 사자에게 들려 보냈다. 굳은 마음을 먹은 마초가 군사를 일으킬 준비를 서둘렀다. 그때 그에게 구원의 손길이 다가왔다. 바로 서량 태수인 한수였다. 마초가 힘을 키우려고 한수를 찾아가자 한수가 편지 한 통을 내보였다.

"이러한 편지가 나에게 왔네."

조조의 편지였다.

그대가 마초를 사로잡아 허도로 데려온다면 그대를 서량후에 봉하겠노라.

편지를 읽자마자 마초는 그 자리에 엎드렸다.

"장군 뜻대로 하십시오. 저를 잡아 압송하시고 조조와 싸우는 수고를 덜기 바랍니다."

한수는 손수 마초를 잡아 일으켰다.

"조카, 어찌 그렇게 말하는가? 부친과 나는 의형제를 맺은 사이일세. 내가 어찌 자네를 해치겠는가? 자네가 군사를 일으킨다면 마땅히 내가 도와야지."

"감사합니다!"

한수는 그 자리에서 조조가 보낸 사자의 목을 베었다. 끝까지 조조에 맞서 싸우겠다는 각오를 밝힌 것이다.

마초와 한수는 군사들을 정비하고 출정 준비를 마쳤다. 마초 휘하의 방덕과 마대의 군사를 합치자 무려 이십만 대군이 되었다. 그들은 장안을 향해 물밀듯이 밀고 들어갔다.

장안 태수 종요는 허도에 위급한 사태를 알리는 한편 군사들을 독려해 적을 맞을 채비를 했다. 이윽고 종요가 들판에 포진해 있다가 마초를 맞아 한두 합을 겨루었다. 하지만 곧 상대가 안 되는 것을 알고 성안으로 들어가 숨어 버렸다.

대군을 끌고 온 마초와 한수는 장안성을 겹겹이 포위했다. 장안은 전한의 도읍지로 성곽이 튼튼하고 해자의 물이 깊었다. 쉽사리 깨뜨릴 수 있는 성이 아니었다. 열흘이나 포위했지만 아무런 진전이 없자 방덕이 계책을 내놓았다.

"장안성은 식수가 귀한 곳입니다. 지금쯤이면 백성들이 물이 없어 굶

주릴 겁니다. 저에게 계책이 있습니다."

방덕의 계책을 듣고 마초가 고개를 끄덕였다.

"좋은 계책이다. 당장 시행하자."

마초가 부하들에게 후퇴 명령을 내렸다. 포위를 풀고 후방으로 철수한 것이다.

다음 날 성루에 올라 들판을 내려다본 종요는 깜짝 놀랐다. 밤사이 적군이 쥐도 새도 모르게 사라진 것이다. 눈을 씻고 다시 봐도 군사들이 보이지 않았다.

"혹시 계책이 아니겠느냐? 정탐꾼을 보내 보아라."

정탐꾼들이 나가 근방을 샅샅이 살폈지만 마초 군은 어디에도 보이지 않는다는 보고만 들어왔다.

"잘됐구나. 안 그래도 물도 귀하고 먹을 것도 없던 참이다. 백성들이 물도 긷고 나무도 해 오게 성문을 열어 주어라."

가뭄 끝에 단비 같은 소식이었다. 백성들은 기다렸다는 듯 성 밖으로 나가 연신 나무를 하고 물을 길었다. 그렇게 닷새가 지났을 때 정탐꾼의 보고가 들어왔다.

"서량군이 다시 쳐들어옵니다!"

태수 종요가 명령했다.

"빨리 백성들을 불러들이고 성문을 닫아걸어라!"

징을 치고 북을 치자 밖으로 나갔던 백성들이 허둥지둥 몰려들어 왔다. 한꺼번에 성안으로 들어오느라 성문 앞이 북새통을 이루었다. 종요는 성문을 닫고 꼼짝하지 않았다. 마초 군사들은 은밀히 성문 주위에 포진한 채 대기했다.

그날 밤이 이슥할 무렵 성안에서 갑자기 불길이 치솟았다. 알 수 없는 화재가 발생한 것이다. 군사들이 불을 끄려고 정신없이 물을 퍼 나르는데 난데없는 장수 하나가 칼을 휘두르며 말을 타고 달려왔다.

"방덕이 여기 있다. 모두 꼼짝 마라!"

방덕이 휘두르는 칼에 군사들의 목이 떨어졌다. 닥치는 대로 칼을 휘둘러 군사들을 쫓아버린 방덕은 성문의 빗장을 부수고 문을 활짝 열었다. 밖에서 기다리던 마초와 한수의 군사들이 밀물처럼 성안으로 밀려들어왔다.

"후퇴하라!"

종요는 군사를 수습할 생각도 않고 동문으로 냅다 도망쳤다. 장안성은 서량군에게 간단히 함락되었다. 평복으로 가장한 방덕이 백성들이 성 밖에 나갔다 들어올 때 군사들과 함께 섞여 들어왔던 것이다.

몇몇 군사와 함께 간신히 몸만 빠져나온 종요는 동관에 진을 친 뒤 서둘러 조조에게 전황을 알렸다. 보고를 받은 조조는 불같이 화를 냈다. 장안이 마초의 수중에 떨어지자 남쪽 정벌은 생각도 할 수 없는 일이 되고 말았다.

조조가 조홍과 서황을 불렀다.

"너희에게 만 명의 군사를 줄 것이다. 동관으로 가서 종요 대신 그곳을 방어하라."

"알겠습니다!"

"열흘은 반드시 버텨야 한다. 열흘만 버티면 내가 대군을 끌고 갈 것이야. 만약 버티지 못하면 너희 목을 벨 것이다!"

조홍과 서황은 만 명의 군사를 이끌고 동관으로 떠났다. 조조 옆에서 보고 있던 조인이 말했다.

"조홍은 젊어서 성미가 급합니다. 자칫 일을 망칠까 두렵습니다."

"그대가 따라가서 지원하도록 하라."

조조는 조인에게 군량을 주어 조홍과 서황을 후원토록 했다.

동관에 도착해 종요와 임무를 교대한 조홍과 서황은 관문을 굳게 지킬 뿐 나가 싸우지 않았다. 마초가 끌고 온 군사들은 조조 가문의 삼대를 싸잡아 욕하며 부아를 돋우었다.

"야, 역적 조가 놈들아! 너희들은 대대로 역적질을 일삼느냐? 나라를 말아먹은 역적인 줄만 알았더니 겁도 많은 겁쟁이구나. 조홍 너도 같은 조가 놈이로구나, 으하하하!"

성미 급한 조홍은 격분했다. 자기를 욕하는 것도 화나는데 조상까지 끌어다 욕을 해 댔기 때문이다. 분을 못 참아 군사를 끌고 나가려 하자 서황이 말렸다.

"장군, 이는 마초가 장군을 흥분하게 하려는 수작입니다. 나가서 싸우면 안 됩니다. 승상이 오실 때까지 기다립시다."

하지만 마초의 군사들은 계속 욕을 퍼부으며 조롱했다.

"에잇, 도저히 못 참겠다!"

"안 됩니다. 승상과의 약속을 잊지 마십시오."

조홍은 싸우려 하고 그때마다 서황이 말렸다. 그렇게 여드레가 지나고 조조에게 명을 받은 열흘에서 하루가 남은 날이었다. 조홍이 성루에 올라 서량 군사들을 내려다보니 모두 풀밭에 누워 잠을 자는 것이 아닌가. 말고삐도 풀려 있고 말이나 군사들이 지친 기색이 역력했다.

"이때다. 나가서 적을 박살 내자!"

조홍이 재빨리 삼천 명의 군사를 이끌고 나가 적진을 짓밟기 시작했다.

"조조 군의 기습이다. 도망가라!"

쉬고 있던 서량 군사들은 무기를 버리고 도망쳤다. 이때 서황은 군량과 말먹이를 점검하다 조홍이 밖으로 나갔다는 보고를 받고 깜짝 놀라 곧바로 군사를 끌고 나왔다.

"조 장군, 돌아오시오! 돌아오시오!"

서황이 아무리 목이 터져라 외쳐도 조홍은 듣지 않았다.

"적들이 오고 있소!"

때를 노리다 등 뒤를 기습하는 마초의 군사들이 보였다. 조홍은 그제야 황급히 말머리를 돌렸지만 이미 때가 늦었다.

"아차, 속았구나!"

서량의 군사들이 사방에서 포위해 왔다.

"조홍, 네놈의 목을 내놓아라!"

마초와 방덕의 군사들이 독 안에 든 조홍의 군사들을 마구 짓밟았다. 조홍은 군사들 태반을 잃고 동관을 향해 내달렸다. 하지만 동관마저 지킬 도리가 없어 지나쳐 달아나기에 바빴다. 다행히 멀리 가지 않아 조조와 더불어 대군을 거느리고 오던 선봉장 조인을 만났다.

"조 장군, 도와주시오!"

조인이 도와준 덕에 조홍은 목숨을 구했다. 그사이 마초는 동관을 빼앗아 방덕을 맞아들였다.

잠시 후, 조홍은 풀이 죽은 채 조조 앞에 나아갔다. 조조는 머리끝까지 화가 치밀었다.

"네 이놈, 고작 열흘도 못 지키고 아흐레 만에 동관을 잃었단 말이냐? 그러고도 네놈이 장수라 할 수 있더냐?"

"승상, 적들이 하루도 빠지지 않고 저희 집안을 욕하기에 꾹 참다가 방비가 허술한 틈에 공격한다는 것이 그만 적의 꾐에 빠졌습니다. 죽여 주십시오!"

조조는 다시 서황을 질책했다.

"조홍은 나이가 어려 그렇다 치고, 그대는 대체 무얼 하고 있었느냐? 말리라고 하지 않았더냐?"

"여러 번 말렸습니다. 하지만 조홍 장군은 저에게 의논도 않고 관문 밖으로 나갔습니다. 제가 쫓아가 도우려 했지만 그때는 이미 늦고 말았습니다."

조조는 흩어진 군령을 세워야겠다고 결심했다.

"에잇, 내 명을 거역한 조홍의 목을 베라!"

그러자 장수들이 나서서 말렸다.

"승상, 조 장군이 비록 명령을 어겼지만 아직 나이가 어리지 않습니까? 참형은 면하시고 공을 세우도록 해주십시오."

장수들이 나서서 만류하는 바람에 조홍은 겨우 목숨을 건졌다.

조조가 분이 풀리지 않아 자리를 박차고 일어섰다.

"내가 직접 나서야겠다."

조조가 군사들을 이끌고 나가려 하자 조인이 말렸다.

"승상, 아직 시간이 많습니다. 영채부터 세우시고 천천히 동관을 쳐도 늦지 않습니다."

그 말도 일리가 있었다. 조조는 먼저 영채를 세우고, 왼쪽은 조인, 오른쪽은 하후연, 가운데 본영은 자신이 직접 통솔했다.

다음 날 아침, 서량 군사들과 조조 군사들이 동관 밖에서 서로 마주했다. 조조가 서량 군사들을 훑어보았다. 그들은 모두 강인한 강군이었다. 사납기가 호랑이 같았고 용맹하고 대부분 건장했다. 그중 유독 얼굴이 희고 입술이 붉은 장수의 모습이 눈에 띄었다. 바로 마초였다. 어깨가 떡 벌어지고 기상이 넘쳐흐르는 것이 타고난 장수였다. 흰 전포에 은색 갑옷을 입어 햇살에 번쩍이는 모습이 눈부실 지경이었다.

'아, 마초가 참으로 용장이로구나.'

속으로 그렇게 생각하며 조조가 큰 소리로 물었다.

"마초, 그대의 조상들은 한나라 충신이었다. 그런데 너는 어찌하여 모반하는 것이냐?"

기다렸다는 듯이 마초가 받아쳤다.

"네 이놈, 조조야! 너는 역적이 아니더냐? 임금을 속이고 백성을 기망하는 놈, 너는 죽어야 마땅하다. 게다가 우리 부친과 아우들까지 죽였으니 너는 나의 철천지원수다! 네놈을 죽여 너의 간을 씹어 먹으리라!"

말을 마치자마자 마초가 조조를 향해 달려들었다. 조조 진영의 우금이 기다렸다는 듯 나서서 마초와 대적했다. 하지만 팔구 합 만에 당할 수 없음을 알고 뒤로 물러났다. 다시 장합이 나서서 맞서 싸웠지만 그

역시 꼬리를 내리고 도망쳤다. 뒤이어 이통이 나섰지만 힘도 못 쓰고 마초의 창에 말 아래로 고꾸라졌다. 적장을 쓰러뜨리며 예봉을 꺾은 마초가 소리쳤다.

"이때다. 조조 군사들을 짓밟아라!"

이때의 싸움은 장수가 먼저 나와 일전을 벌이고 그 결과에 따라 기선을 제압하는 측이 기세를 올리는 식이었다. 사기가 치솟은 서량 군사들이 몰아쳐 오자 조조의 장수들은 당하지 못하고 흩어졌다. 마초와 방덕과 마대가 조조를 제거하기 위해 조조 진영 한가운데로 뛰어들었다. 허를 찌르는 공격이었다.

"조조를 잡아라!"

조조는 어지럽게 흩어지는 군사들 속에서 어느 방향으로 도망쳐야 할지 몰라 허둥거렸다. 이때 서량 군사들이 크게 외쳤다.

"붉은 전포를 입은 놈이 조조다. 저놈을 잡아라!"

그 말을 들은 조조는 재빨리 붉은 전포를 벗어 던졌다. 그러고 나서 말을 재촉해 도망치는데 다시 고함 소리가 들렸다.

"수염 긴 놈이 조조다!"

조조는 칼을 들어 자신의 수염을 베어 버렸다. 그 모습을 본 군사에게 보고를 받은 마초가 또다시 군사들에게 소리치게 했다.

"수염 짧은 놈이 조조다!"

서량 군사들이 자신을 향해 몰려들자 조조는 당황하여 깃발에 있는 술을 잘라 턱을 감싸고 허둥지둥 도망쳤다. 겨우 위태로운 상황에서 빠져나왔다고 여겨 한숨을 돌리는데 마초가 숨소리가 들릴 만큼 가까이

다가와 소리쳤다.

"네 이놈, 조조야! 게 서라, 역적 놈아!"

뒷덜미를 낚아챌 듯한 거리까지 다가온 마초가 긴 창으로 조조의 목을 겨눠 찔렀다. 순간 조조는 몸을 비틀며 나무 옆으로 감아 돌아갔다. 창은 빗나가 나무에 꽂혔다. 마초가 깊이 박힌 창을 빼려고 버둥거리는 사이 조조는 쉬지 않고 말을 내달렸다. 산모퉁이를 돌아 달아나는 조조를 쫓아가는데 앞에서 한 장수가 나타났다.

"우리 주공을 해치려 하다니, 겁도 없구나. 조홍이 여기 있다!"

조홍과 마초가 어우러져 창검을 겨루는 사이 조조는 겨우 목숨을 보전했다. 조홍은 필사적으로 마초를 막았다. 마초는 현란하게 창칼을 놀렸지만 아침부터 지금까지 쉬지 않고 싸워 팔놀림이 무뎌졌다. 아무리 그렇더라도 조홍에게 당할 마초가 아니었다. 조홍이 점점 수세에 몰릴 때 하후연이 달려왔다. 마초는 혼자 힘으로 두 장수를 상대할 수 없어 말머리를 돌렸다. 결국 코앞에서 조조를 놓치고 만 것이다.

조조는 구사일생으로 목숨을 건져 본영으로 돌아갔다.[†] 군사를 정비해 보니 다행히 조인이 영채를 지켜 군마를 많이 잃지는 않았고, 여전히 세력을 유지하고 있었다. 장막으로 돌아온 조조가 안도의 한숨을 내쉬며 말했다.

"내가 일전에 조홍을 죽였더라면 나는 오늘 마초의 손에 죽었을 것이다. 조홍에게 큰 상을 내려라."

그러고 나서 방침을 정했다.

"마초와 정면으로 싸울 수가 없다. 너무 강하다. 모두 참호를 깊게 파고 보루를 쌓아라."

조조는 섣불리 움직이지 않고 몸을 웅크렸다. 날마다 서량군이 다가와 욕하고 시비를 걸었지만 조조는 일체 상대하지 말라고 엄명을 내렸다. 이렇게 방어만 하자 부하 장수들이 수군거렸다.

"승상께서 늙으신 게 틀림없어. 지금까지 전장에서 항상 돌진만 하셨는데 이렇게 약한 모습을 보이다니……."

"그러게 말이야. 기가 꺾이셨나 봐."

여기에 좋지 않은 소식까지 더해졌다.

"마초 군에게 이만 명의 군사가 새로 합세했다고 합니다."

"그들이 누구라더냐?"

"강족 군사들이라 하옵니다."

"하하하, 아주 좋구나!"

적군이 늘어났다는데 조조는 웃었다. 장수들이 의아하게 여겨 물었다.

"아니, 적군이 늘었다는데 승상께서 어찌하여 웃으십니까?"

"두고 봐라. 내가 마초를 어떻게 무찌르는지 지켜보면 자연히 알게 될 것이다."

여기서 잠깐!!

정말 조조가 이렇게 마초에게 죽을 봉변을 당하고 간신히 도망친 게 사실일까? 물론 허구지. 중국 영화를 보면 알겠지만 황제나 신분이 높은 자는 절대 앞에 나서서 싸우거나 움직이지 않아. 그런데 이런 표현이 나온 것은 《삼국지연의》가 대중의 흥미를 불러일으키는 소설이기 때문에 상상에 의해 만들어졌다고 볼 수 있어.

사흘이 지나자 또다시 척후병이 와서 알렸다.

"동관에 군사들이 더욱 늘었습니다."

"그렇다면 잔치를 벌여야지."

장수들은 영문도 모른 채 술을 받아 마시며 조조에 대한 의구심을 키워 갔다. 조조가 장수들에게 물었다.

"그대들은 내가 마초를 못 꺾을 것이라 걱정하는가? 어디 어떤 의견이 있는가?"

그러자 서황이 말했다.

"승상, 적들은 모두 동관에 있습니다. 분명히 황하강 서쪽에 있는 화서에는 아무 방비가 없을 것입니다. 은밀히 군사를 보내 적들이 돌아갈 길을 막는 한편으로 승상께서 하북을 치면 적은 서로 호응할 수 없어 몹시 위태로워질 것입니다."

"내 뜻이 바로 그것이다. 바로 시행하겠다. 서황은 정병을 거느리고 하서에 가서 매복하라. 그리하여 내가 하북으로 건너가면 동시에 공격하라!"

서황이 군사 사천 명을 거느리고 떠나자 조조가 조홍과 조인에게도 명령을 내렸다.

"조홍은 배와 뗏목을 준비하고, 조인은 남아서 영채를 든든히 지키도록 해라!"

마침내 조조가 강을 건너기 위해 길을 나섰다. 마초에게도 그 소식이 전해졌다. 마초는 조조의 수를 내다보고 한수에게 말했다.

"조조는 분명히 하북으로 돌아서 우리의 퇴로를 끊으려 할 것입니다.

제가 북쪽 언덕을 막는다면 저자들은 위수를 건너지 못할 테고, 그러면 하동에서 양식이 오지 못해 군기가 문란해질 것입니다. 그때 쳐들어가면 조조를 잡을 수 있습니다."

그러자 한수가 의견을 더했다.

"그럴 필요도 없네. 적이 강을 절반쯤 건넜을 때 공격하는 게 상수라고 했네. 군사들이 위수를 반쯤 건넜을 때 습격하면 모조리 수장시킬 수 있을 게야."

"아, 맞습니다!"

한수와 마초는 계책을 세운 뒤 조조 군이 강을 건너는 것을 염탐하게 했다. 조조가 마침내 군사를 셋으로 나누어 위수를 건너기 시작했다. 먼저 선발대를 강을 건너게 하여 영채를 세우게 한 뒤 자신은 강 남쪽에서 칼을 짚고 앉아 강을 건너는 군사들을 구경했다. 그때 마초의 군사들이 기습을 감행했다.

"마초가 쳐들어옵니다!"

조조 군사들은 당황하여 서로 배에 오르려고 밀고 밀치는 등 정신이 없었다. 그러나 조조는 흔들림 없이 부하들에게 말했다.

"당황하지 마라! 적은 아직 멀리 있다!"

그때 허저가 다가왔다.

"승상, 배에 오르십시오. 적군이 가까이 다가왔습니다."

"그깟 적들이 뭐가 두렵단 말이냐?"

"아닙니다. 뒤를 보십시오."

생각보다 빠르게 마초의 군사들이 등 뒤까지 다가왔다.

"이런!"

조조가 허둥거리며 허저와 함께 배를 향해 달렸다. 그러나 배는 이미 물가를 떠나 서너 길쯤 멀어졌다. 허저가 조조를 훌쩍 들쳐 업고 물로 뛰어들어 겨우 배에 올라탔다. 뒤따르던 병사들도 배에 매달렸다. 하지만 허저가 닥치는 대로 병사들을 베어 배가 기울지 않게 했다. 그리고 황급히 노를 저어 하류로 배를 몰았다. 조조는 꼼짝 않고 허저의 밑에 엎드렸다.

"활을 쏘아라!"

마초가 궁노수들에게 명했다. 화살이 빗발치듯 쏟아졌다. 군사들이 활에 맞아 하나씩 쓰러질 때 허저는 발로 배의 키를 조종하면서 오른손으로 노를 젓고 왼손으로 말안장을 들어 화살을 막아 조조를 보호했다. 절체절명의 위기였다. 배 위에 있던 조조 군사들은 강물에 떨어져 죽기 바빴고, 강변에는 온통 마초의 군사들로 덮였다.

이때 위남 현령 정비가 남산에서 그 광경을 지켜보다 급히 명령을 내렸다.

"얼른 승상을 구해야 한다. 영채 안에 있는 말과 소를 모조리 풀어 내보내라!"

수천 마리의 말과 소가 들판에 풀려났다. 서량 군사들은 갑자기 말과 소가 몰려와 날뛰자 눈이 뒤집혔다. 말 한 마리 값은 요즘으로 치면 자동차 한 대 값이었다. 군사들은 서로 말을 잡으려 매달렸다. 조조를 좇는 일은 뒷전이었다. 그 와중에 조조는 무사히 북쪽 강기슭에 닿았다. 갑옷 위로 숱한 화살이 꽂힌 허저는 고슴도치처럼 보였다. 조조는 비로소 체면을 차렸다.

"도적놈들에게 당할 뻔했구나."

허저가 조조에게 말했다.

"승상, 제가 승상을 구한 것이 아니라 마소를 풀어놓은 자가 구했습니다."

"그래, 누가 마소를 풀어놓았느냐?"

"위남의 현령인 정비입니다."

"당장 불러와라!"

정비가 와서 예를 갖추자 조조가 큰 상을 내렸다.

이윽고 조조가 장수들을 불러 지시했다.

"남쪽 강기슭을 따라 흙을 파서 담장을 쌓고 통로를 만들어라. 그리고 바깥쪽에 군사를 배치하라. 적들이 기습해 올 때를 대비해 통로 안에 깃발을 세워 군사를 숨긴 것처럼 위장하고 강기슭 곳곳에 함정을 파 놓으면 적이 공격해 오더라도 함정에 빠질 테니 쉽게 사로잡을 수 있다."

한편 마초는 군사를 거두어 돌아와 한수에게 말했다.

"또 조조를 놓쳤습니다."

"어찌하여 놓쳤는가?"

"호랑이 같은 장수가 조조를 들쳐 업고 배를 몰아 도망치는 바람에 놓치고 말았습니다."

"조조는 용맹한 장수만 자기 곁에 둔다고 했네. 전위와 허저가 조조를 지킨다고 했는데 전위는 이미 죽었으니 그자는 허저일 걸세. 허저는 호랑이 같다고 해서 별명이 호치야. 다시 만나더라도 상대할 때 주의하도록 하게."

"아, 허저라면 저도 들은 적이 있습니다."

이제 상황은 복잡해졌다. 조조가 강을 건너 마초의 배후를 공격할 수 있게 된 것이다.

"조조가 분명히 우리의 배후를 공격할 테니 조조가 전열을 가다듬기 전에 우리가 먼저 쳐부숴야 하네."

"맞습니다. 북쪽 강기슭을 막아 조조가 위수를 건너지 못하게 해야 할 것 같습니다."

"좋아. 조카가 영채를 지키면 내가 조조와 상대하겠네."

"그럼 방덕을 선봉장으로 삼으십시오."

한수는 방덕을 선봉장으로 삼아 군사 오만 명을 이끌고 위남으로 향했다. 조조는 방덕을 미리 파 놓은 통로 쪽으로 유인했다. 방덕은 그런 줄도 모르고 조조 진지를 공격하다 많은 군사를 잃었다. 가까스로 포위망을 빠져나오자 이번에는 한수가 적에게 포위되어 있었다. 방덕은 혈전을 벌인 끝에 한수를 구해 영채로 돌아왔다.

그날 혈전은 그렇게 마무리되었다. 한수와 마초가 군마를 점검했다. 함정에 빠져 죽은 군사가 이백여 명에 이르렀다.

마초가 비장하게 말했다.

"이렇게 해서는 조조를 이길 수 없습니다. 하북에 진영을 든든하게 구축하면 공격이 힘듭니다. 오늘 밤에 영채를 급습해야 합니다."

조조가 이를 모를 리 없었다. 조조는 군사들에게 미리 지시해 놓았다.

"마초 군이 쳐들어올 것이다. 군사들을 사방에 매복시켜 놓고 가운데를 비워 놓아라."

그날 밤 마초는 삼십 명의 기병을 보내 조조 군의 동태를 염탐하게 했다. 그들은 군사들이 보이지 않자 마음 놓고 조조 진영 한가운데로 뛰어들었다. 그 순간 어둠 속에서 포소리가 요란하게 울렸다. 복병에게 포위당한 기병들은 허둥거리다 하후연에게 몰살당했다. 조조가 복병을 숨겨 놓았는데 마초가 작은 미끼를 던졌던 셈이다.

이때 마초는 방덕, 마대와 함께 군사를 세 갈래로 나누어 조조의 배후를 공격했다. 밤새도록 격전이 벌어졌다. 마초는 위구에 영채를 세우고 조조 군을 밤낮으로 공격했다. 조조 군이 영채를 만들려고 하면 쳐들어가 화공으로 불태워 버렸다.

조조가 영채를 세울 엄두도 내지 못하자 순유가 말했다.

"주공, 위수에는 모래흙이 많습니다. 토성을 쌓으면 우리가 지켜 낼 수 있습니다."

조조 군은 삼만 명을 동원해 모래흙으로 토성을 쌓았다. 하지만 마초 역시 보고만 있지 않았다. 오백 명의 군사를 거느리고 시도 때도 없이 쳐들어가 토성을 무너뜨렸다. 쌓아 올리면 무너뜨리고, 쌓아 올리면 무너뜨리니 조조로서도 방도가 없었다. 날씨는 점점 추워지고 9월이 다 지나갔다.

먹구름이 하늘을 뒤덮어 갈 무렵 한 노인이 조조를 찾아왔다. 누자백이라는 도인이었다.

"승상께 한 가지 꾀를 알려 드리겠습니다."

"무슨 꾀요?"

"승상께서 영채를 못 세우고 계시지 않습니까?"

"맞소. 모래라 쌓는 족족 무너져 버리고 있소. 어찌하면 좋겠소?"

"하하, 승상의 용병술은 귀신도 울린다고 하던데 어찌하여 천시를 모르십니까?"

"천시라? 무슨 말씀이시오? 어리석은 나를 제발 가르쳐 주시오."

"먹구름이 하늘에 가득합니다. 찬바람 한번 불면 만물이 꽁꽁 얼어붙을 것입니다. 바람이 불기 시작하면 군사들에게 흙벽을 쌓으라 하고 그 위에 물을 끼얹으십시오. 밤새 끼얹으면 날이 샐 무렵에는 토성이 완성될 것입니다."

"아하, 참으로 기발한 계책이오."

조조는 입에 침이 마르게 칭찬했다.

"내가 큰 상을 내리겠소."

하지만 말을 마치기도 전에 누자백은 어디론가 사라졌다.

"무엇들 하느냐? 어서 성을 쌓을 준비를 하라!"

그날 밤 북풍이 거세게 불자 조조는 군사들을 동원해 흙으로 보루를 쌓게 했다. 물을 나를 마땅한 그릇이 없자 비단 주머니에 물을 담아 끼얹으라고 명했다. 쌓아 올린 흙벽에 물을 부으니 밤새 얼어붙어 다음 날 아침에는 번듯한 토성이 완성되었다.

마초가 그것을 보고 깜짝 놀랐다.

"조조는 과연 사람인가, 귀신인가? 어떻게 이럴 수 있단 말인가?"

조조가 허저를 이끌고 나와 마초를 꾸짖었다.

"맹덕이 여기 있다. 마초는 나와라!"

마초가 앞으로 나가자 조조가 기고만장한 태도를 보였다.

"보아라. 하늘이 도와 하룻밤 사이에 튼튼한 토성을 쌓았다. 지금이라도 항복하는 게 어떠하냐?"

마초가 당장 조조를 치려고 말을 달려 나가는데 뒤쪽에 칼을 들고 서 있는 장수가 보였다.

"그대가 허저라는 자인가?"

"그렇다. 내가 초군 출신 허저다!"

마초는 위풍당당한 허저의 기세에 눌려 섣불리 덤벼들 수가 없었다. 말을 돌려 돌아오자 조조가 허저와 함께 돌아서며 말했다.

"적들도 자네가 호랑이 같은 장수인 줄 알고 있구먼."

"내일은 기필코 마초를 사로잡겠습니다."

"마초는 영특한 자야. 가볍게 여겨선 안 되네."

"제가 죽기살기로 싸워 보겠습니다!"

허저는 사람을 시켜 마초에게 내일 대결하자고 전했다.

다음 날, 드디어 허저와 마초가 칼과 창을 들고 마주 섰다. 두 사람은 불꽃 튀는 일전을 벌였다. 칼과 창이 맞부딪치고 천둥번개가 치는 듯한 고함 소리가 들판을 울렸다. 있는 힘을 다해 싸운 지 백여 합에 이르렀는데도 승부가 나지 않았다. 말이 지쳐 말을 갈아타고 싸워도 여전했다. 화가 난 허저는 갑옷을 벗어던지고 알몸으로 싸웠다. 있는 힘껏 칼로 내리쳤을 때 마초가 허저의 가슴을 향해 창을 내질렀다. 그러자 허저가 마초의 창을 붙잡고 잡아당겼다. 자루가 부러지자 이번에는 부러진 자루를 가지고 서로 찌르며 치고받았다.

보고 있던 조조는 허저가 죽을까 두려워 명했다.

"가서 도와주어라!"

하후연과 조홍이 앞으로 나오자 방덕과 마대가 기다렸다는 듯 좌우를 헤치고 달려 나왔다. 조조 진영이 한순간 흔들렸다. 그사이 허저는 팔에 화살을 맞았다. 기세가 오른 마초의 군사들이 조조의 군사들을 짓밟았다. 절반이 넘는 군사가 죽거나 부상당하자 조조는 영채로 들어가 문을 닫아걸고 나오지 않았다.

"허저는 말 그대로 명불허전†입니다. 제가 이토록 힘들게 싸운 장수는 처음입니다."

마초는 한수에게 허저가 정말 대단한 장수라고 알리며 혀를 내둘렀다.

싸움은 소강상태에 들어갔다. 그사이 조조 군은 위수 서쪽에 영채를 구축했다. 한수와 마초가 이 문제를 두고 의논했다.

"조조의 군사가 위수 서쪽에 자리를 잡았습니다."

"앞뒤로 적군을 맞이하게 되었군."

부장인 이감이 나섰다.

"우리가 빼앗은 땅을 조조에게 나누어 주고 화친을 맺으시는 게 어떻겠습니까? 봄이 오면 다시 싸우더라도 말이죠."

"이감의 말이 옳은 것 같다."

한수가 고개를 끄덕였다.

"글쎄요."

마초는 결단을 내리지 못했다.

"날씨가 추워집니다. 이제 병사들이 동상으로 죽어 나갈 겁니다."

주변에 있는 장수들도 화친을 권하자 마침내 마초도 동의했다. 한수는 곧장 편지를 써서 조조에게 보냈다. 화친하자는 내용이었다. 그러나 조조는 완전한 승리를 원했기에 속임수를 쓰기로 결심했다.

조조는 마초에게 답신을 보냈다. 군사를 물릴 테니 위수 서쪽 땅을 돌려 달라는 것이었다. 화친이 이루어지는 것 같았지만 마초는 조조를 믿을 수 없었다. 조조와 대치한 상태에서 방비를 소홀히 했다가는 당할 수 있다는 생각이 들었다.

"조조는 간교한 인물입니다. 숙부님과 제가 번갈아 조조의 동태를 살피지요. 오늘 숙부님께서 조조를 맡으면 저는 서황을 맡고, 내일은 제가 조조를 맡고 숙부님께서 서황을 맡는 식으로 조조의 속셈에 놀아나지 않도록 방비를 철저히 해야 합니다."

한수도 마초의 뜻을 따랐다.

이런 사실은 정탐꾼을 통해 조조의 귀에 들어갔다. 조조가 음흉한 미소를 지으며 말했다.

"좋구나. 계책을 써야겠다. 내일은 누가 나를 방비하느냐?"

명불허전은 이름이 헛되이 전해져 내려오지 않는다는 의미야. 다시 말해서 유명한 장수나 뛰어난 선비의 소문을 듣고 찾아가 확인해 보니 정말 그가 그런 이름을 얻은 데에는 다 이유가 있다고 수긍하는 의미로 많이 쓰이는 말이지. 명불허전이 되려면 진정한 실력을 갖춰야만 해.

"한수가 맡는다 하옵니다."

다음 날 조조가 장수들을 이끌고 영채에서 나와 적진을 살폈다.

"사람을 보내 한수와 이야기나 나누자고 전해라."

사자가 한수에게 말을 전하자, 한수가 진 밖으로 나왔다. 조조는 주위 사람을 물리친 상태였다. 한수 역시 무기를 내려놓고 말을 타고 조조에게 다가갔다. 둘은 말머리를 나란히 한 채 대화를 나누었다.

"한 장군, 오랜만이오. 내가 장군의 선친과 함께 과거에 효렴으로 천거되어 선친을 숙부로 섬겼소이다. 그리고 또한 공과 함께 벼슬길에 올랐는데 세월이 많이 흘렀구려. 장군은 올해 춘추가 어찌 되오?"

"마흔입니다."†

"우리가 지난날 함께했을 때만 해도 젊었는데 어느새 그대도 중늙은이가 되었구려. 세상이 태평해져 함께 세월을 즐겨야 할 텐데."

조조는 어쩌고저쩌고 옛이야기를 늘어놓았다. 한수도 그런 이야기라면 해될 것이 없다는 생각에 맞장구를 쳤다. 양쪽에 멀리 진을 친 군사들은 그 광경을 관심 있게 지켜보았다. 조조는 말끝마다 허허허 호탕하게 웃으며 애써 친근한 척했다. 한참 이야기를 나누다 두 사람은 헤어져 각자 진영으로 돌아갔다.

마초가 그 사실을 보고받고 한수에게 물었다.

"조조가 만나자 했다던데 무슨 이야기를 나누셨습니까?"

"옛날에 도성에 있었을 때의 시답잖은 이야기를 했다네."

"군사와 관련된 이야기는 하지 않으셨습니까?"

"없었네. 나는 뭐라 할 말이 없어 쓸데없는 얘기만 나누었지."

마초는 의심스러웠지만 말없이 물러나왔다.

영채로 돌아간 조조는 모사 가후에게 자랑스럽게 말했다.

"오늘 내 연기가 어떠했는가? 내가 왜 한수와 대화를 나눴는지 아는가?"

"승상, 이미 알고 있습니다. 하지만 그 정도로 두 사람 사이를 벌려 놓을 순 없습니다. 제가 꾀를 낼 테니 그대로 행하면 두 사람이 원수가 될 것입니다."

"무슨 꾀란 말이냐?"

가후가 귀엣말을 하자 조조가 고개를 끄덕였다.

"거참 신묘한 계책이로다. 그거라면 쐐기를 박을 수 있겠어."

조조는 종이와 붓을 가져와 서신을 작성했다. 주요한 대목은 지우거나 고쳐 쓰는 등 어지러운 서신을 만들어 한수에게 보냈다. 게다가 사자를 여럿 동원해 조조의 편지가 한수에게 전해졌다는 것을 쉽게 알게 했다. 그러자 마초가 의심스러운 눈치로 달려왔다.

"편지가 왔습니까?"

"이런 서신이 왔다네."

《삼국지연의》에 묘사된 한수(韓遂)의 내용은 허구가 많아.《삼국지》의 〈위서 무제기(武帝紀)〉에 의하면, 한수는 결코 조조에게 투항한 적이 없어. 위남 전투 중에 조조는 반간계를 이용하여 한수와 마초가 서로 의심하도록 한 다음, 그 틈에 진격하여 그들을 대파했지. 한수는 양주로 달아났으나 후에 다시 하후연에게 패했어. 건안 20년(215) 서평(西平)·금성(金城)의 여러 장수에게 죽임을 당했는데, 그때 나이 일흔이 넘었어. 이것으로 보면 위남 전투 때 이미 일흔 가까운 나이였지.《삼국지연의》에서 그 스스로 마흔이라고 한 것은 〈무제기〉에서 "공(公)은 한수의 부친과 같은 해에 효렴이 되었다."라고 한 대목을 보고 한수가 조조(당시 57세)보다 나이가 적은 것으로 오해했기 때문이야.

한수가 보여준 서신은 중간중간 덧칠하고 삭제된 부분이 많았다.

"어찌하여 이렇게 많이 지웠습니까?"

"나도 모르겠네. 왜 이런 걸 보냈는지……."

"조조는 문장가라 했는데 이런 편지를 보냈을 리가요. 혹시 숙부님께서 지운 겁니까?"

"그게 무슨 소린가?"

"조조가 이런 상태로 보냈을 리 없잖습니까?"

"초고를 잘못 보낸 게 아닌가 싶네."

"그렇지 않습니다. 혹시 숙부님께서 달리 마음을 잡숫고 계신 건 아닙니까?"

한수는 어이가 없었다.

"그렇게 나를 못 믿겠으면 내일 내가 조조를 불러 얘기를 나누겠네. 그때 쳐들어가서 조조를 죽이면 될 게 아닌가?"

"그렇게만 해주신다면 의심했던 제가 사죄를 올리겠습니다."

다음 날 한수는 조조를 불러냈다. 멀찍이서 마초가 지켜보고 있었다. 그러나 조조가 이런 초대에 응할 리 없었다. 대신 조홍을 내보냈다. 조홍이 한수에게 다가와 예를 갖추며 말했다.

"승상은 왜 오지 않소?"

"승상께서 착오 없이 어제 말씀 나눈 대로 시행하라고 하셨습니다."

"그게 무슨 말이오?"

"이만 물러가겠습니다."

조홍은 곁을 주지 않고 돌아갔다. 지켜보던 마초는 그대로 한수를 찔러 죽이고 싶었다. 자기 모르게 밀약을 맺은 게 분명하다고 생각했기 때문이다.

이를 눈치챈 한수가 말했다.

"나를 의심하지 말게. 조카, 나는 변한 게 없어."

그러나 마초는 잔뜩 의심만 품었다. 한수는 마초가 의심하는 것을 보고 부하 장수들과 의논했다.

"저렇게 밑도 끝도 없이 나를 의심하니 어찌하면 좋겠는가?"

"마초가 오만방자하지 않습니까? 주공을 업신여겼는데 우리가 조조를 이겨도 절대 큰 상을 내릴 리 없습니다. 차라리 이 기회에 조조에게 투항하시지요."

양추가 분을 못 이겨 말했다.

"아니다. 마등과 내가 의형제를 맺었는데 그럴 수는 없다."

"주공, 일이 이미 이 지경에 이르렀습니다. 돌이킬 수 없습니다."

부하 장수들의 거듭된 설득에 한참 고민하던 한수는 마지못해 고개를 끄덕였다.

"아, 그럼 누가 우리 뜻을 조조에게 전하겠느냐?"

"제가 다녀오겠습니다!"

양추가 직접 나섰다.

한수가 곧 밀서를 써서 조조에게 보냈다. 조조는 크게 기뻐하며 한수를 서량후에 봉하고, 심부름한 양추를 서량 태수로 삼았다. 그리고 다른 장수들도 흡족한 벼슬을 주겠노라 약속하고, 불을 놓아 군호를 올리면 마초를 사로잡기로 약조했다.

모든 계략은 준비한 대로 착착 진행되었다. 한수가 마초를 술자리에 초청해 사로잡을까 생각했지만 아직 결정을 못 내리고 있었다. 하지만 어찌 상상이나 했겠는가. 마초가 이런 사실을 알고 있다는 것을. 마초는 소리 없이 한수의 장막으로 들어갔다. 한수 휘하의 장수들이 모여 대책을 논의하는 소리가 들렸다.

"더 지체하면 안 됩니다."

"맞습니다. 마초가 이 사실을 알면 우리가 위험해집니다."

그 말을 듣는 순간 마초가 칼을 휘두르며 달려들었다.

"이런 배신자들! 나를 죽이겠다는 것이냐?"

마초가 휘두른 칼을 한수가 놀라 팔로 막다가 팔이 잘려 나갔다. 한수를 호위하던 다섯 장수가 일제히 달려들었지만 마초는 다섯 장수를 상대로 칼을 휘둘렀다. 마초의 기세에 밀린 장수 셋이 도망쳤고, 둘은 칼에 맞아 쓰러졌다. 그사이 불길이 치솟고 서량군끼리 내전이 벌어졌다. 한수의 군사들과 마초의 군사들이 불길 속에서 한 치의 양보도 없이 치열하게 치고받았다.

이 기회를 놓치지 않고 조조가 기습해 왔다. 마초는 좌충우돌하며 적들을 마구 베어 넘겼다. 그러자 조조의 군사들이 마초를 포위해 화살을 쏘기 시작했다. 마초가 포위망을 뚫고 나가려 애썼지만 도무지 길이 열리지 않았다. 마초의 군사들은 조조 군에게 사로잡혀 그 수가 점점 줄어들었다.

마침내 마초의 말이 화살에 맞아 나뒹굴었다. 마초가 꼼짝 없이 조조에게 잡히려는 순간, 구원군이 나타났다.

"조조 군을 흐트러뜨려라!"

방덕과 마대의 원군이 나타나 마초를 구한 뒤 적군의 말을 빼앗아 타고 홀연히 사라졌다. 혈로를 뚫고 서북쪽으로 도망친 것이다. [†]

여기서 잠깐!!

마초는 《삼국지연의》에 따르면 엄청나게 잘생긴 꽃미남으로 알려져 있어. 하지만 정사를 살펴보면 어디에도 그의 용모나 외모에 대한 언급이 없어. 그가 미남의 이미지를 갖게 된 건 용맹한 모습을 보였기 때문이지. 여러 싸움에서 용맹한 모습을 보이다 보니 스토리를 좋아하는 사람의 입장에서 그런 마초가 꽃미남이면 더욱 재미있을 것 같았을 거야. 이야기를 읽거나 듣는 사람의 입장이 작품에 반영된 거지. 스토리를 놓고 판단해 봐도 마초의 무력은 대단하지만 지력은 그에 못 미친다는 것을 알 수 있어.

주석으로 쉽게 읽는
고정욱 삼국지 5

초판 1쇄 발행 2022년 1월 7일
초판 11쇄 발행 2025년 1월 17일

엮은이 고정욱
펴낸이 이범상
펴낸곳 (주)비전비엔피 · 애플북스

기획 편집 차재호 김승희 김혜경 한윤지 박성아 신은정
디자인 김혜림 이민선
마케팅 이성호 이병준 문세희 이유빈
전자책 김희정 안상희 김낙기
관리 이다정

주소 우) 04034 서울특별시 마포구 잔다리로7길 12 (서교동)
전화 02) 338-2411 | **팩스** 02) 338-2413
홈페이지 www.visionbp.co.kr
인스타그램 www.instagram.com/visionbnp
포스트 post.naver.com/visioncorea
이메일 visioncorea@naver.com
원고투고 editor@visionbp.co.kr

등록번호 제313-2007-000012호

ISBN 979-11-90147-82-8 04820
       979-11-90147-77-4 04820 [SET]